Sonya
ソーニャ文庫

偽りの愛の誤算

御堂志生

イースト・プレス

contents

第一章　クルティザンヌ

ヴァシュラール王宮の回廊。

闇の中、ひとりの侍女に先導され、大理石の床を一歩、また一歩と歩き続ける。

行く手を照らすのは、侍女の手にある燭台《しょくだい》に灯された蝋燭《ろうそく》の灯りのみ。その光はわずかな風に揺らめき、今にも消えてしまいそうだ。

先の見えないクロエの人生に、似合いの光ともいえる。

(足の裏が冷たい……大理石って、こんなに冷たかったのね)

王宮を訪れるのは今夜で二度目。前回はほんの十日前で、最前線から帰国したばかりの海軍提督《ていとく》をねぎらう国王主催の夜会に招かれたのだった。

そのときは夜会用の高いヒールのシューズを履いていた。真鍮《しんちゅう》でできたヒール部分はけっこうな重量があり、ダンスのときは足がもつれそうになる。それでも、腰高でスタイルよく見せてくれるので、より華やかに着飾り、男性を魅了するためには欠かせない小道具のひとつだ。

だが、今のクロエが履いているのは、子ヤギ革のフラットシューズ。

生成《きな》りの柔らかなモスリンドレスの下には、コルセットもつけておらず、ドレスを膨《ふく》らませるクリノレットやペチコートも着ていない。

なぜなら、今宵王宮で行われるのは、晩餐《ばんさん》会でも舞踏《ぶとう》会でもなく……。

クロエ・セレスティーヌ・デュ・コロワ。

子爵家令嬢だった彼女は今夜、クルティザンヌ——高級娼婦として生きる道を選び、この王宮を訪れていた。


『ごめんなさいね、クロエ。あなたの最初の恋人は、王太子殿下になるはずだったのに』

サビーヌ・ジャールからそう告げられたのは昨夜のこと。彼女はクロエの両手をしっかりと握り、心の底から残念そうに呟いた。

サビーヌはクロエの後見人だった。親代わりと言ってもいい。かつては女優もしていたが、現在はマダムと呼ばれ、裏社交界《ドゥミ・モンド》の女帝として君臨している。

その理由は誰もが知っているが、あえて言葉にはしない。

サビーヌは我が国——エフォール王国、ユーグ国王の恋人である、と。

新人女優だった彼女が、エフォール王国の裏社交界に出入りし始めたのは、十年ほど前だという。金色の豊かな髪と染みひとつない白い肌を武器にし、彼女は多くの男性を虜《とりこ》にした。ことさら、豊満《ほうまん》な胸と腰、美しくくびれたウエストに男性は惹《ひ》きつけられるらしく、美の女神のようだと崇められていた、と聞いたことがある。

男性たちは先を争ってサビーヌを支援し、いつの間にか彼女は、大人気のクルティザンヌとして裏社交界で認められていった。

エフォール王国内におけるクルティザンヌとは、躰《からだ》を売り買いするだけの単なる娼婦ではない。

彼女らは裏社交界の花だ。

本来の宮廷を中心とした、社交界を彩るべき花——貴族階級の女性たちは、昔ながらの規則に縛られていた。父親や夫の許可なしに、自由な外出はもちろん、お金を使うこともままならない。

籠《かご》の鳥同然の貴族女性たちを尻目に、クルティザンヌは多くの支援者から貢《みつ》がれる財貨を湯水のごとく使い、美しさを求めて奔放に着飾った。

当然、流行の最先端を……いや、彼女らが流行を作っていると言ってもいい。

中でも、国王の客人として宮廷への出入りも許されるようになったサビーヌは、最高クラスのクルティザンヌとして世間でも有名な存在だった。

多くの女性が嫉妬《しっと》めいた嘲りを口にしながら、反面、羨望《せんぼう》のまなざしを向ける。

彼女と同じデザインのドレスを注文し、帽子やシューズまで似せたものを作らせるのだ。さらには、彼女が短い手袋を使えばそれが流行り、扇《おうぎ》の色や素材が変わるたび、それが飛ぶように売れたという。

しかし、そんな裏社交界の女帝にも勝てないものがひとつあった。

容赦なく過ぎていく年月に、自慢の美貌《びぼう》は少しずつくすんでいく。年齢を公表していなくても、足し算すれば若くても三十代半ば、ひょっとしたら四十代というささやきが聞こえてくるようになった。

いつまで国王の寵愛を受けていられるだろうか？

サビーヌがそれについて本気で悩んでいたとき、クロエと出会ったのだという。

今から二年前、クロエの父、シモン・ディディエ——先代コロワ子爵は不名誉な死を遂《と》げた。そのせいで、クロエは母、ソランジュ・アラベルとともに屋敷を追われ、パンを買うお金にすら困窮する日々を送っていた。

サビーヌと出会ったとき、クロエはカフェの女給として雇われた直後だった。しかし、女給とは表向きで、実際は個室で客を取るように言われた。逃げ出して捕まりそうになったところを、サビーヌに助けてもらったのだ。

あのとき、クロエは子爵家の令嬢だったとは思えない粗末《そまつ》な身なりをしていた。

だが、サビーヌはクロエをひと目見るなり、生活費を支援してもいい、と言ってくれたのである。父の死で心身を患い、寝たきりになった母のことを話すと、治療費まで負担してくれると言う。その上、途中で止まっていた貴婦人になるための勉強だけでなく、それ以上の、男性に負けないほどの知識まで学ばせてあげると言われ……。

たとえその条件が、クルティザンヌになることだったとしても、クロエに断るという選択肢はなかった。

『王太子殿下と対面するために招待された舞踏会で、どうしてもあなたが欲しいとおっしゃる方が現れるなんて……』

クルティザンヌは、誰かひとりのものにはならないのが建前だ。

自由気ままな彼女らの心を捉えた者が優先される。それが『愛』であれ、『お金』であれ、『身分』であれ、理由はなんでもかまわない。

誰かの命令でベッドに連れ込まれることはない、と聞いていた。

だが、それも王命となれば……。

『悔しいわ。相手は爵位もなく、素性も定かでない異国の商人よ』

『ですが、国王陛下にとって大事なお客様なのでしょう？』

『そうね。今にも攻め込まれそうな我が国にしてみれば、何がなんでもご機嫌を損ねるわけにはいかない相手――武器商人ですって』

サビーヌの返答にクロエはどきりとした。

武器商人、彼らは商人の中で最も嫌われている。蔑《さげす》まれていると言ってもいい。人殺しの道具を売買して金を稼《かせ》ぐ、いわゆる死の商人だ。

そんな男性を恋人にしなくてはならない。

本来なら嘆く場面かもしれないが、クルティザンヌになるしかないクロエにすれば、むしろありがたいこととも言える。

自分はただ、躰を売るのではない。国家の役に立てるのだから……と。

だが、サビーヌは複雑なようだった。

彼女はクロエを美しく磨《みが》き上げ、自分に飽きた国王がクロエに心を移すよう画策していた。ところが、国王はサビーヌが思っていた以上に、彼女のことを愛していたのだ。彼はクロエの支援者にはなるものの、恋人にすることは断った。その代わり、政略結婚で望まぬ女性を妻にしたばかりの第一王子――ギョーム王太子と引き合わせることを約束してくれた。

しかし肝心の舞踏会では、王太子の横にはぴったりと新妻、フランソワーズ王太子妃が寄り添い、クロエはダンスの一曲も踊ることができなかった。

『わたしが踊った中に、その方はいらっしゃったのでしょうか？』

『いなかったでしょうね。人嫌いで、どなたの招待も断っていると聞くわ。国賓《こくひん》待遇で王宮に滞在しながら、陛下がお勧めになったわたくしのサロンにも顔を出さない野蛮人ですもの』

サビーヌが不満に思っているのは、どうやらそれが理由のようだ。

『そんな方が、どうしてわたしのことを？』

『舞踏会に出席したあなたを垣間見て、ということでしょう。まあ、わからないではないわね。あの夜、王宮に集う貴婦人の中で、一番輝いていたのはクロエ、あなたよ』

クロエに最上級のドレスを用意してくれ、輝かせてくれたのはサビーヌだ。もちろん、王太子をひと目で虜にするためである。

その装いで虜にしたのが他の男性というのは皮肉だが……。

『裏社交界の主役でいるためには、新興貴族や資産家の支援は欠かせないわ。でも、王家の威光も不可欠。相手は変わってしまったけれど、国内の誰よりお金持ちのはず。上手くおやりなさい。夢中にさせても、夢中になってはダメよ。あなたならできるわ』

サビーヌはクロエの肩に手を置き、諭《さと》すように言う。

『――はい。マダムの顔に泥を塗らないよう、精いっぱいのことをさせていただきます』

クロエは覚悟を決めて微笑んだ。

「足元、段差がございます。お気をつけくださいませ」

侍女に声をかけられ、クロエはハッと我に返った。

異国の商人の部屋に向かう途中、段差の部分で大理石の廊下が途切れていた。そこから先は石畳が敷き詰められ、足裏からでこぼこした感触が伝わってくる。

クロエはそろそろと歩きながら、前を歩く侍女に声をかけた。

「この先にいらっしゃる方……ヴィクトル様って、おいくつぐらいの方かしら？　あなたはご存じ？」

尋ねてはいけない、とは言われていないので、聞いても問題ないはずだが、侍女のほうは違ったようだ。

「存じません」

けんもほろろな声色に、クロエは慌てて口を閉じる。

（ああ、そうよね……彼女たちの女主人は、王妃様なんだもの。マダムのことは嫌っているというし、当然、わたしのことだって）

今夜のことも、クロエは国王の招きにより王宮を訪れたことになっている。

その名目は――国賓である異国の商人、ミハイル・ヴィクトルの要請《ようせい》により、我が国の新興貴族を中心とした裏社交界の事情を彼に指南すること――。

（どう考えても、こじつけね）

クロエですらそう思うのだから、王妃をはじめとした王宮の女性たちが大反対するのも無理はない。

指南の名目で娼婦に王宮で仕事をさせるなど言語道断、ということだ。

それを受け、一旦は——ミハイルには離宮に移ってもらい、そこにクロエを呼びつければいい、という話になりかけた。

しかし、その提案に異を唱えたのがサビーヌだった。

『このたびのお話、陛下の意を汲んでお受けしたことですのよ。それを、警護の手薄な離宮で、異国の男性とふたりきりにするなど……妹同然のクロエに、そんな危険な真似はさせられません！』

万が一、ミハイルという商人がよからぬことをたくらんでいたとき、首都郊外の離宮では対処できない。

だが、王宮内なら近くに衛兵も控えている。

サビーヌの心配を尤《もっと》もと認め、国王はクロエを王宮内に招いてくれた。

感謝すべきかもしれないが……そのせいで、いっそう王宮の女性たちからの風当たりが強くなった気がする。

「よけいなことを聞いてしまって、ごめんなさい」

クロエはミハイルの正体を探ることを諦め、とりあえず謝罪の言葉を口にした。

すると、

「よくは存じませんが……陛下よりお若い方に見えました。背が高くて、灰褐色の冷たいまなざしをしておいでかと。我が国では珍しい銀色の髪のせいかもしれませんが」

前を向いたまま、侍女が訥々《とつとつ》と口を開いた。

「背が高くて、灰褐色の……」

その瞬間、数日前の出会いが脳裏をよぎる。

「整ったお顔をしておられるので、若い侍女などははしたなく騒いでおります。……あなたのご指南により、王宮の外に移っていただければよろしいのですが」

「……」

苦々しげに呟いたあと、ちらりとクロエを振り返った。

刺すような視線を感じ、クロエの思考は一瞬で硬直してしまう。

案内してくれる侍女はサビーヌより年長のようだ。彼女はクロエのことだけでなく、ミハイルを国賓として王宮に留めること自体、よく思っていないらしい。

(王宮内の風紀を乱すから、とか？　だからといって、わたしにその方を連れ出せと言われても、困るのだけど)

侍女の言葉を聞き流すように、クロエは曖昧《あいまい》な笑みを浮かべる。

同時に、視線を辺りに彷徨わせ……そのとき、そこはかとない既視感を覚えた。

「あ……あの……」

「まだ何か？」

「この回廊は、ひょっとして舞踏の間に通じていますか？」

前に訪れたときは正面玄関で馬車を降り、そのまま王宮内に入った。

だが今夜は違う。事情が事情なので、裏門からこっそり入るように指示された。

王宮内は迷路のように複雑だ。それは意図して設計されたもので、攻め込まれたとき、少しでも時間稼ぎをして国王や王妃を逃がすため、と聞いたことがある。

そんな迷宮を、月も出ていない闇夜に別の入り口から通され、いくつもの中庭を取り巻く回廊を歩かされたのだ。二回しか訪れていないクロエなら、夜会のときにも通った場所だと気づけなくても仕方がないだろう。

「はい。国賓の皆様が迷われませんよう、舞踏の間や晩餐の間に近い場所に、国賓の間をしつらえた、と聞いております」

「そう、なの」

侍女は当たり前のことのように言うが、クロエの鼓動はほんの少し速くなった。

（ここって……ひょっとして、この通路って、あの方に助けていただいた場所？）

クロエの足が舞踏の間のほうに向かって進みかけたとき、侍女に呼び止められた。

「お待ちくださいませ。国賓の間はそちらではございません」

侍女はすでに、右に伸びた狭い通路に歩を進めている。

「え？　あ……えっと」

「どうかなさいまして？」

舞踏の間のせめて入り口でも見られれば、あるいは回廊の出口まで行けば、この辺りに間違いないと確信が持てるのだが……。

「いえ、とくに、何も」

訝しげな侍女の顔を見ると、これ以上勝手なことはできそうにない。後ろ髪を引かれる思いで、クロエは侍女の指し示す方向に歩き始めた。

狭い通路を無言で歩いていく。

中庭に面した開放的な回廊とは違い、息が詰まりそうな狭さだ。

そこを二十歩以上進んだだろうか。突き当たりに、アーチ形になった両開きの扉が見えたとき、侍女が足を止めた。

「こちらが国賓の間でございます。わたくしの案内はここまで、と言われておりますので、あとはよろしくお願いいたします」

侍女は申し訳程度に会釈《えしゃく》をし、そそくさと引き返していく。

ひとりになると、いっそう心細さが迫ってきた。だが、いつまでも扉の前で立ち尽くしたままではいられない。

大きく息を吸うと、クロエは堅牢な石造りの扉に手を当て、ゆっくりと押し開けた。

刹那《せつな》――。

白いドレスの裾《すそ》がはためいた。クロエの身体にぴたりと張りついて、女性らしいまろやかな曲線を薄闇の中に浮き立たせる。

夏の終わりを思わせる乾いた突風に襲われ、クロエは息を呑んだ。

これほどの風が吹き込んでくるということは、どこかの窓が開いているのだろう。

だが、部屋の中を見回してもそれらしき窓はなかった。ただ、奥の私室へと繋がる扉が開け放たれている。

直後、風の流れが止まり、奥に人の気配を感じた。

(扉を開ける前に、声をかけるべきだったかしら?)

石造りの扉を閉めたあと、クロエは頭の中でいろいろな言い訳を考えてみる。

とはいえ、口にすべきことはひとつしかなかった。

「勝手に入ってしまって、申し訳ございません。クロエ・セレスティーヌ・デュ・コロワと申します。ミハイル・ヴィクトル様を訪ねてまいりました」

謝罪を口にしながら、壁にかけられた鏡に目を留めた。

人の形をした白い影が映っていることに気づき、ドキッとしたが、よくよく目を凝《こ》らせば、それはクロエ本人だった。

しどけなく落ちた後れ毛が、首の辺りでふわふわと揺れている。ひどく退廃《たいはい》的で、とても若い娘が初対面の男性に会う格好ではない。これでも、王宮を訪ねるのだからと、腰まである長い髪はきちんと結い上げたつもりだった。

およそ突風のせいだが……クロエの立場を考えれば、わざと緩く結っていたと思われる可能性が高い。

手櫛《てぐし》で直そうとして、クロエはその手を下ろした。

もしそれがわざと、ミハイルにいっそう気に入ってもらうための小細工だと思われたとして、どこがいけないのだろう。

いや、むしろ、クルティザンヌとしては正しいやり方だ。

あらためて鏡の中の自分をみつめ、キュッと唇を噛みしめた。

そのとき、

「――入りなさい」

凛《りん》とした涼やかな声が聞こえてきて、クロエの鼓動は一瞬で跳ね上がった。

(この声……これって……やっぱり)

衝動的に駆け出しそうになる。

懸命に自分を抑え、意識してゆっくりと歩こうとするが……とくん、とくん、と一歩ごとに鼓動が大きくなっていく。一分一秒でも早く彼の顔を見て、胸に浮かんだ疑問をたしかめてみたい、と思ってしまう。

石造りの扉を入ってすぐのエントランスは、花台やカウチソファが壁際に置かれていた程度でこぢんまりとしていた。

だが奥の私室はとても広くて、国賓の間と呼ばれるにふさわしい立派な造りだ。

ただ、灯りは燭台がひと揃い置かれているだけなので、部屋の様子ははっきりと見えず、その部屋にも人の姿はなかった。

(ここは、居間？　じゃあ、もっと奥の寝室にいらっしゃるの？)

はしたないと思いつつ……とうとう我慢できずに、ドレスの裾を持ち上げ、足早に居間を横切った。

暗くて足元はよく見えない。それでも、回廊に比べて歩きやすいことはたしかだ。おそらく、毛足が長くてふかふかの絨毯のおかげに違いない。

寝室との境に扉は見当たらない。

気が急いて、クロエはそのまま寝室に飛び込んだ。

居間と同じくらい広い部屋だった。

いや、ひょっとしたら居間より広いのかもしれないが、部屋の四分の一を占めている天《てん》蓋《がい》付きの大きなベッドのせいで幾分狭く感じる。

(なんて、広いベッドなの。今は暗いから見えないけれど、きっと支柱や天蓋に素晴らしい細工が施されているのでしょうね)

コロワ子爵家も決して貧しかったわけではない。

それどころか、父は商才があり、近年の好景気で財産を大きく殖《ふ》やした貴族のひとりとして数えられていた。先祖代々の大きな屋敷に住み、何十人も使用人を雇い、クロエもエフォール王国有数の女子寄宿学校に通っていたくらいだ。

だが、さすがに王宮とは比べるべくもなく――。

そのとき、大きなベッドの向こう側に人影が見えた。

男性らしき影が出窓に腰かけ、脚を組んだ格好でこちらをジッとみつめている。

シルエットしか見えないので、髪の色はもちろん容貌も一切わからないが、ゆったりと組んだ脚は間違いなく長く、ぜい肉のひとかけらもついてなさそうな、すらりとしたスタイルの持ち主だった。

クロエはこれ以上ないくらい目を見開き、彼の様子を窺う。

(あの夜会のときに会った方かしら？　ああ、よく見えない)

「ヴィクトル様……わたしのことは夜会でご覧になったと聞いたのですが……。それは、この先の回廊の入り口辺りでしょうか？」

クロエは彼だけを見ながら近づいていく。

「あの……あのとき、わたしを助けてくださったのは、ヴィクトル様ですか？　わたし、それが気になっていて……きゃ」

次の瞬間、クロエはベッドの足元に置かれた長方形のスツールに足を引っかけた。

そのままスツールの上に倒れそうになったとき、大きな手が差し出され、とっさにしがみつく。

「も、申し訳、ありません」

もっとしっかりしなくては、と思うのだが、失態ばかり演じているようでどうにも情けない。

直後、上から呆れたような声が降ってきた。

「――まったく」

「す、すみません……本当に、あの……」

「そんなに謝らなくていい。ただ、男を惑わせる容姿とはうらはらに、ずいぶん落ちつきのないお嬢さんだ」

その声に引っ張られるように顔を上げると、見覚えのある穏やかなまなざしがクロエを見下ろしていた。

それは十日前――生まれて初めて王宮を訪れたものの、王太子と対面するという目的も果たせず、早々に引き揚げようとしたときのことだった。

華やかな舞踏の間を数歩離れただけで、辺りには人の気配が全くなくなる。

サビーヌがつけてくれた小間使いが『馬車を手配してまいります』とクロエの傍を離れた直後、闇の中から伸びてきた手に腕を摑まれた。

「……きゃっ」

悲鳴を上げる間もなく、男の手がクロエの口を塞いだ。

突然の出来事に、彼女の身体は凍りついたように固まる。なんといっても、ここは王宮の中だ。裏通りをひとりで歩いていたならともかく、危険な目に遭うことなど想像もしていなかった。

「無駄な抵抗はするな。さっさと歩け！」

押し殺した声で命令され、問答無用で歩かされる。

闇の中に引きずり込まれる寸前、薄明かりに自分を拘束する男の横顔が目に入った。

彫りの深い顔立ち――それは美男子と言うより、感情の伴わない石膏像を思わせる顔だ。

そして何より、その顔には見覚えがあった。

あちこちで催《もよお》される裏社交界のサロンで見かけた男――。

「ま、待って……待ってください、あなたは、ル・ヴォー男爵様ではありませんか!?　どうして、こんな……こんなこと、男爵様のご名誉にもかかわりますのに」

クロエは必死で身を捩り、口元を覆う手をはねのけて男の名前を叫んだ。

オディロン・ド・パルドン・ル・ヴォー男爵——いわゆる新興貴族のひとりである。だがル・ヴォー家は由緒正しい家系で首都プルレ市郊外に広大な土地を所有していた。爵位はなく、そのため、彼の父親の代までは社交界への出入りも許されていなかった。

そんな中、彼が爵位を手に入れた経緯には国家の事情が大きく関わっていた。

この半世紀で、エフォール王国の経済は大きく変わった。王位を争う内戦があり、それと前後して周辺諸国との争いも激化した。戦況を維持するために大金を投入したが、そのせいで国庫が枯渇《こかつ》してしまったという。

結果、国王をはじめとした有力貴族は、しだいに富裕層の傀儡《かいらい》にならざるを得ず……。

中でも、王家の支援を得られなかった下級貴族の没落ぶりは顕著だった。爵位を養子縁組の名目で売却し、海外に逃亡した貴族も少なくない。

そのうちのひとりがパルドン男爵だ。

今のル・ヴォー男爵がパルドン男爵から爵位を購入した際、土地の半分を手放したという噂を聞いたことがあるが、真偽のほどは定かでない。

ただ、目の前の男が本物のル・ヴォー男爵なら危険だ。

国王の権威を軽んじ、王家に敬意を払わないことで有名な男である。ここが王宮であっても破廉恥《はれんち》な真似をしかねない。

「ほう、俺の顔を覚えていたのか？　まあ、マダムには、おまえの初めての恋人にしてやると言われ、さんざん貢がされたんだ。顔くらい、覚えていてもらわなくてはな」

「そのことは……」

最初、クロエはサビーヌの小間使いとして扱われていた。

やがて、彼女を後見人として、着飾って小さなサロンに出入りするようになる。

そうなると、誰もがクロエを新しいクルティザンヌとして認識し――裏社交界の女帝が後見する美しき処女《おとめ》――とささやいた。

容貌も若き日のサビーヌによく似ている。女帝の地位を継がせるつもりに違いない。ひょっとしたら、実の娘という可能性も捨てきれない。

クロエに関するそんな評判が広がっていくと、ル・ヴォー男爵のような男性が何十人も名乗り出たという。

そして、そういった男性たちから大金を引き出すのがサビーヌの――いや、クルティザンヌの仕事だった。

だが、どれほどの金品を貢いでも、お目当ての女性を思いどおりにできるとは限らない。仮に『騙《だま》された』と声を上げても、誰にも相手にしてもらえないのが裏社交界のルールだった。

それについては、クロエも理不尽に思ったときがある。

父がその商才で築き上げた財産を、ひとりのクルティザンヌに貢いでしまったときだ。

しかも、それだけでは飽き足らず、父は恋敵である若い男に決闘を申し込んだ挙げ句、命まで落としてしまった。

だが、誰ひとりとして父の味方をする人はおらず、恋に狂った男の哀れな末路として失笑を買っただけだった。

父は貴族としてあるまじき不名誉な死を遂げ、妻とひとり娘の名誉をも奪った。

子爵家代々の資産と称号は遠縁の男性に引き継がれ、貴族社会しか知らなかったクロエと母は、いきなり世間に放り出された。

結果、クロエ自身がクルティザンヌとして生きる道を選ぶ羽目になり……。

一方、父がすべてを捧げた女性は、裏社交界から足を洗い、夫の待つ祖国へと戻っていったという。

どれほど理不尽でも、それが裏社交界の花を手に入れるための代償なのだ。

「男爵様は……ご承知の上で、マダムの誘いに乗ったのではありませんか？　このような無粋な真似をなさっては、男爵様の名誉にもかかわることで……い、痛っ」

ル・ヴォー男爵はクロエの反論に気分を害したのだろう。彼女の腕を摑んだ手により力を籠めた。

骨が軋《きし》むように痛み、クロエは唇を噛みしめる。

「たかが娼婦の分際で、この私に反論するとは何ごとだ！　おまえのような生意気な娘に、ギョームの愛人が務まるものか。その前に、私がしっかりと躾《しつ》けてやろう」

王太子を呼び捨てにする不遜さと、『たかが娼婦』と呼ばれたことに、クロエは我慢できずに声を荒らげてしまう。

「ここは王宮ですよ！　それに、クルティザンヌの役目は躰を売ることだけではありません。恋人のように心を寄り添わせて、癒《い》やしと幸福を与えるのが……」

クロエはこのとき、サビーヌから教わったことを思い出していた。

『いいこと、クロエ。外地の戦争や内戦で、我が国では貧富の差が大きく広がってしまったわ。首都のプルレ市が、花の都と言われている理由をご存じ？　若く美しい娘を街角で気軽に買えるからよ』

後ろ盾もないまま、仕事を求めて歩く羽目になったクロエにとって、サビーヌの言葉は身につまされるものだった。

寄宿学校を途中で退学したクロエでは、家庭教師の職に就けるような推薦状はもらえない。女中の仕事は多くあったが、病気の母を連れて住み込みはできず、通いのお針子で食べていけるはずもなかった。

そんな娘は決して珍しくなく、彼女らの行き着く先は……街角に立ち、躰を売ること。

カフェや酒場で客を探す私娼しかり、国の認可を受けて営業する娼館に勤める公娼しかり……。

女給として雇ったクロエに客を取らせようとした店主が、あながち間違っているとはいえなかった。

『わたくしを陛下の愛人と呼ぶ人間は多いわ。でも、わたくしにとって陛下は恋人のひとりよ。そう言って許されるのが、クルティザンヌなの』

プルレ市に暮らす平民女性の半分が人妻で、残りの半分は娼婦だと揶揄《やゆ》される。さすがに大げさだが、同じ躰を売るなら、より多くの見返りを求めて当然だろう。それが叶えられるのは、クルティザンヌ以外になかった。

『政略結婚の妻は、後継者を産む機械のようなもの。夫にすべてを捧げて、年老いていくだけの悲しい人生よ。挙げ句、夫が道を踏み外そうものなら……妻まで同罪といわれるのだもの』

サビーヌの言葉はクロエの胸を貫いた。

クロエの母は伯爵家の末娘だった。親の期待が兄姉たちに向いていたおかげで、親からうるさく言われず、子爵家——下級貴族に嫁ぐことができたという。母自身は、幼なじみで初恋の男性と結婚することができて幸運だったと話していた。

相思相愛で結ばれたはずが……まさしく、夫が道を踏み外したせいで、母は実家にも戻れない状況に追い込まれている。

『でも、わたくしたちは違う。彼らに愛されるのよ。多くのものを捧げてもらい、尽くしてもらうの。それは本物の恋だわ』

『そのせいで、妻や子が……不遇な立場に追いやられたとしても？　クルティザンヌは、罪深い職業だとは思いませんか？』

サビーヌの理屈がどれほど正しくても、クロエにはどうしても割りきれなかった。

『あら、そう？　人殺しは罪だと言いながら、戦争だからと敵国の兵士を殺し、異教徒だからと殺す。か弱い女を組み伏せて凌辱したあと、銅貨一枚を投げ捨て……娼婦だから当然というのよ。さあ、誰が一番罪深いのかしら？』

ほんの少し前まで、クロエは父と母のような結婚をしたい、と思っていた。

クロエには幼なじみの初恋の人はいないが、素敵な男性と出会って恋をして、教会と家族の祝福を受けて妻になりたい。夫の子供を産み、育て、ともに年老いていく。そんなごく普通の結婚が夢だった。

たとえ、サビーヌの言うような『政略結婚の妻』であったとしても。

それが子爵家に生まれたクロエの義務であり、権利である、と。

だが今は、その大前提が崩れてしまった。

『クロエ、あなたの蜂蜜《はちみつ》色の髪はとても美しいわ。真珠のような肌も、磨けば光り輝くはずよ。若いころのわたくしにそっくりだもの。青い目のわたくしと違って、琥珀《こはく》色の瞳も幻想的だわ』

エフォール王国一の美女といわれるサビーヌに絶賛され、気分が高揚《こうよう》しないといえば嘘になる。

『ねえ、クロエ。幸福な結婚生活を送っている人なら、わたくしたちを誘惑したりしないわ。幸せにしてあげたいと思う人に、恋人として尽くせばいいだけよ』

父は不幸だったのかもしれない。

その思いはクロエに不思議な安堵感と、さらなる悲しみを与え——。

「うるさい！　黙れ!!」

ル・ヴォー男爵に一喝され、クロエの意識は一瞬で引き戻された。

顔を上げると男爵が振り上げた手が見え、叩かれる、と思ったとき、別の手が男爵の腕を摑んだ。

「女性に手を上げるのは感心せんな」

ル・ヴォー男爵も比較的大柄なほうだが、さらに長身の男性がそこにいた。

顔はよく見えなかったが、その男性が夜会の客でないことはたしかだ。なぜなら、白いシャツに下は黒のブリーチズを穿《は》いただけという軽装だったからだ。

(まるで、自宅で寛《くつろ》いでいるみたいな服装……でも、ここは王宮よ？)

だが、これで男爵も引き下がってくれるだろう、とホッとしたが……甘かった。

「女性？」

彼は鼻で笑うと男性の手を振り払った。

「女性とは貴婦人のことを言う。美しく着飾っていても、この女はクルティザンヌ、高級娼婦と呼ばれるただの売女《ばいた》だ！」

クロエは頬《ほお》がカッと熱くなる。

男性の前で侮辱《ぶじょく》されたことが恥ずかしく、腹立たしかった。

（これが、男の人の本音なの？　だから、お父様が夢中になった女性も、決闘までしたお父様を見捨てて……）

普段はチヤホヤして持ち上げながら、心の底では街娼もクルティザンヌもただの娼婦と蔑んでいる。恋人ではなく、躰を重ねるだけの愛人。サビーヌの言うことは、クロエをクルティザンヌにするための嘘にすぎなかった、と。

そんな思いに胸が塞がれそうになる。

直後、ふたたびル・ヴォー男爵に引っ張られた。

「いいか、俺はオディロン・ド・パルドン・ル・ヴォー男爵だ。わかったら、よけいな口を挟むな。さあ、来い！」

「……っ」

長身の男性が何者かはわからないが、喧嘩《けんか》を売った相手が男爵と知れば、そのまま引き下がるはずだ。

しかも、助けた女性は『高級娼婦と呼ばれるただの売女』となれば……。

クロエの中に絶望が広がる。

だが、次の瞬間——男爵はクロエから引き剝《は》がされ、そのまま廊下の石畳に叩きつけられていた。

「貴様、何をする！」

「聞き分けのない馬鹿者には実力行使しかなかろう？　クルティザンヌはこの国の有力者が集う裏社交界の花と聞いた。花は愛でるもので、手折るものではない」

クロエを背中に庇い、その男性は悠然《ゆうぜん》と言い放つ。

（この方は王宮の使用人ではないの？　本当はお客様で、着替えのためにこちらにいらっしゃるとか？）

落ちつきはらった様子の長身の男性とは違い、石膏のように無表情だった男爵の顔は真っ赤になっている。

「貴様……貴様……」

男爵がもし武器を持っていたら？　男性に向かって決闘だと言い出したら？　クロエはどうすればいいのだろう。

そんなことを考えていたときだった。

長身の男性は戸惑うクロエの背中に触れ、賑《にぎ》やかな音楽が聞こえてくる舞踏の間の方向に向かって押し出してくれた。

「ひとりで来ているわけはないだろう？　ここは私に任せて、君は行きなさい」

「でも……」

「男同士のほうが話をつけやすい」

躊躇《ためら》いながら振り返ったとき、男性の端整な横顔が彼女の目に映った。

髪は金色とも茶色とも違う、これまで見たことのない輝きをしている。瞳の色は黒に見えるが、違ったとしても濃い色合いだろう。

もっとみつめていたい。

そんな思いに囚われそうになったとき、ル・ヴォー男爵が立ち上がったところが見えた。

「おい！　俺にこんな真似をして、ただで済むとは思ってないだろうな!?　クロエ、おまえも同罪だ」

男爵の黒い瞳に狂気を感じ、クロエは一歩二歩と後ずさる。

すると、長身の男性はクロエと男爵の間に立ち塞がるなり、彼女を追い払うように手を振った。

無関係の男性を面倒なことに巻き込んでしまった。

とはいえ、自分が残ることでさらに迷惑をかけてしまう恐れもある。

クロエは両手を前で揃え、深く頭を下げた。そして、舞踏の間に向かって駆け出したのだった。

「あの夜は、大変ご迷惑をおかけしました。お礼を言いたかったのですが、お名前を聞く間もなかったですし、王宮には知り合いもいなくて……でも、まさかあなたが……いえ、本当にありがとうございました！」

ミハイルから飛びのくように離れると、ひと息に言って頭を下げる。

ひょっとしたら、という思いはあった。だが侍女が口にした『灰褐色の冷たいまなざし』は、クロエを助けてくれた男性とは重ならない。

それに武器商人という仄暗《ほのぐら》い印象とも、どこかが違った。

別人かもしれない。別人だと思って、期待しないでいよう。そう思っていた分だけ、胸の奥から感動めいたものが湧き上がってくる。

「あれから、ル・ヴォー男爵は何か言ってきたか？」

「いえ。そういえば、マダムのサロンでもお見かけしなくなりました」

顔を合わせたらどうしよう。もし、外出時に待ち伏せでもされていたら、どう対処したらいいのだろう。

数日はそんな不安を感じてビクビクしていた。

だが、あれ以来、男爵の姿すら目にしていない。

「それはよかった」

「ヴィクトル様のおかげです。ありがとうございました」

もう一度頭を下げようとしたとき、大きな手が彼女の頬に触れた。

その瞬間、鼓動が大きく打ち、クロエは息を止める。

「そんなに礼を言っていていいのか？　ギョーム殿下からは、心の安らぎとなるはずの恋人を奪われてしまった、と文句を言われたところだ」

灰褐色の瞳が甘やかに揺れた。

冷ややかさとは真逆の温もりに、彼から目が離せなくなる。

「わたしは……かまいません。ですが、王太子殿下のご機嫌を損ねては、ヴィクトル様のお仕事に支障はきたしませんか？」

「そうだな……」

彼はひと言呟いたあと、クロエの目を食い入るようにみつめながら続けた。

「たとえ支障をきたしても、君が欲しかった、と言ったら？」

「ヴィクトルさ……ま」

「ミハイルと呼んでくれ。クロエ、美しい容姿にふさわしい美しい名だ。陽の光を集めたような髪も、琥珀色に輝く瞳も、ひと目見たとき、手に入れると決めた」

信じられないくらい情熱的に口説かれ、クロエは息をするのも忘れそうになる。

自分も同じ気持ちだった、あなたから目が離せなくなりそうだった、と言葉にできたなら……。

クロエの心が、ごく普通の娘に戻りかけたとき、

『夢中にさせても、夢中になってはダメよ。あなたならできるわ』

そう言って送り出してくれたサビーヌの声が聞こえた気がした。

(そう、だったわ。わたしはクルティザンヌとして、ここに招かれたのよ。自分の立場をわきまえないと)

緩みかけた心と同時に、口元をキュッと引きしめる。

「嬉しいです。ミハイル様のお目に留まって」

「本当に?」

「はい。ミハイル様も……とても神秘的な髪の色をしておいでですね。先日お会いしたときは、淡い金髪だと思っていました。ですが、侍女の方から銀色の髪をしておられると聞いて……王宮の若い侍女が騒いでいるそうです。ご存じでした?」

彼は目を細めてかすかに微笑むと、クロエの手を引いてガラス窓を押し開け、彼女をバルコニーに連れ出した。

ひんやりとした夜風に頬を撫《な》でられ、クロエはほうっと息を吐く。

手すりの向こうに広がる中庭は、思いのほか広そうだ。暗がりにだいぶ目が慣れてきたおかげで、灯りがなくてもぼんやりと目に映った。

「温かな風だ。私にこの国の気候は暑すぎてね。つい、朝から晩まで窓は開けっ放しにしてしまう」

「まあ、わたしには涼しいくらいですのに」

彼はもっと北のほうにある国の出身なのだろう。

いくつかの国名が浮かんだが、クロエはあえて口にしなかった。

身の上話は、こちらから聞き出そうとしてはいけない。クロエに気を許して、彼のほうから話してくれるのを待つのだ、と。

サビーヌから教わったことのひとつだ。

「銀髪は、私の国ではそう珍しい色ではないんだ。それに、若い侍女に騒がれるほど、私はもう若くはない」

侍女はミハイルのことを『陛下よりお若い方に見えました』と言っていた。

国王はちょうど四十歳、それより若いとなると、三十代半ばから後半。クロエの父は、生きていれば国王と同じ年齢なので、ミハイルは亡くなった父とそう変わらない世代ということになる。

だが、クロエの目に映るミハイルは若々しく、とても父と同年代には見えない。

彼から少し視線を逸らしつつ、

「女が男の方に求めるのは、若さではありませんから」

言葉を選んでクロエは答える。

「では金か？　それとも身分か？　ギョーム殿下の王太子の身分に敵う者はいないだろうが、金なら、私はこの国の誰にも負けない」

王太子は二十一歳、クロエより二歳上だ。王太子夫妻の仲が上手くいっていない理由のひとつに、妃のほうが四歳も年上だから、という噂を聞いた。

ちなみに王太子の容姿は、夜会で遠目に見たくらいだが、上品で柔和な印象だった。

(背は高すぎず、少しふくよかで優しいお人柄に見えたわ。そう、国王陛下とよく似ておいでで……。でもミハイル様は、商人というより軍人さんのよう)

お金のことを口にしていても、計算高い武器商人には見えない。

それどころか、手すりに寄りかかりこちらを見ているミハイルの佇《たたず》まいからは、気高さすら感じる。その立ち姿は、額縁に嵌《は》められた一枚の絵のようだ。

見ないようにしようと思っていても、どうしても彼の姿を追いかけてしまう。

そして、彼の姿を見ているだけで鼓動が激しく打ち始める。

「どうした？　答えづらい質問だったかな？」

「いいえ、お金や身分より、お顔が……あの、女にも好みがありますから」

クロエがそう付け足した瞬間、ミハイルはさも愉快そうに笑い始めた。

「顔か、なるほど。私の顔は、君の好みに合っているだろうか？」

「ええ、とても好みです。でも、求めるものの一番は違います」

「一番？」

ミハイルは笑うのをやめ、ジッとクロエの顔をみつめてくる。

クロエは二度ほど深呼吸して、しっかりとみつめ返した。

「一番は運命です」

「……運命？」

「ご存じかもしれませんが、わたしは子爵家の娘です。でも、何もかも失い、生きるためにクルティザンヌとなる道を選びました。覚悟を決めて王宮を訪れ……運命はわたしに、王太子殿下ではなく、ミハイル様と出会わせてくれました」

言いながら、クロエは自分のほうから、手すりに置かれたミハイルの手に、自分の手を重ねる。

彼は心の底から驚いたとばかり、目を見開いた。

「わたしは、あなたを幸せにしてさしあげたい。だからどうか、わたしのことを愛してください。永遠は求めません。だから、お願い……」

本気の、心からの言葉ではない。

クルティザンヌとして、教わったセリフを口にしているにすぎない。

戒めのように、クロエは心の中で繰り返す。

本物の運命など、そう簡単に転がっているわけがないのだ。

夜会の夜、ル・ヴォー男爵から助けてくれた男性。生まれて初めて、目が離せなくなるほど惹かれた男性が、国王にとっての重要人物であり、王太子からクロエを奪おうとしている張本人、ミハイル・ヴィクトルであるなど、偶然にしても出来過ぎている。

人生がそれほどまで簡単なわけがない。

だが、目の前にいるミハイルは、間違いなく彼女を助けてくれた男性で……。

(もっと、親密に触れなければ……。しなだれかかって、彼の瞳をジッとみつめるのよ。そうして、もっと好きになってもらわなくては)

これは〝運命の出会い〟などではない。

自分自身にそう言い聞かせながら、ミハイルには〝運命の出会い〟だと信じさせようとしている。

クルティザンヌとは、なんと複雑で過酷な職業なのだろう。

ただ、躰を売るのではない。国家の役に立てる――そう考えた自分は、とんでもなく無知で愚かだった。

彼の胸に手を置こうとして、クロエは躊躇い、動けなくなる。

そのとき、ミハイルの手が彼女の背中に触れ、次の瞬間、強く抱き寄せられた。

「……あ……っ」

短く声を上げ、それ以上は何も言えないまま、クロエの唇は彼の唇により塞がれたのだった。

その感触は想像より柔らかくて、こそばゆい感じがした。

最初は軽く啄《ついば》むように口を押し当て、徐々に強く押しつけてくる。

逃げ出したいのに、やめてほしくない。恥ずかしくて、それなのにどこか心地よくて、初めての口づけは快感と不快感がない交ぜになった不思議な感じだった。

でも、しだいに息苦しさのほうが強くなり始め——クロエが身じろきしたとき、ミハイルのほうからスッと離れてくれた。

「君は、口づけも初めてなのか？」

「は……ぃ」

返事をしようとして、掠《かす》れるような吐息が漏れる。

ひと言呟いたまま、彼は静かに目を閉じた。

「そうか」

クロエの唇が、お気に召さなかったのだろうか？

——何も知らずにいられる時期は人生で今しかない。どんな形にせよ、クロエは間もなく男女が閨《ねや》の中で行うことのすべてを知ることになる。だからこそ、相手が決まるまでは無垢なままでいなさい——そんな理由で、サビーヌは愛の交わし方までは教えてくれなかった。

だがせめて、男性に喜んでもらえるキスのやり方くらい、教わっておいたほうがよかったのかもしれない。

「ミハイル様、わたし……」

クロエが口を開きかけたとき、ミハイルの指が彼女の下唇をなぞった。

「美しい花を愛でるのは嫌いじゃない。大地に根を下ろした花が、雨に濡れ、風に吹かれるさまを遠くから眺める——それが一番だと思ってきた。だが、この歳になって初めて、この手で摘み取ってみたくなったよ」

頬が熱くて、きっと真っ赤になっていることだろう。

(月のない夜でよかった。こんなにドキドキするなんて。でもそれは……きっと初めての人だからだわ。相手がミハイル様だから……じゃない)

落ちつこうとすればするほど、鼓動は速くなる。

そのとき、ふいに、バルコニーの床からつま先が離れた。

「え？　きゃっ」

ミハイルの顔が目の前まで近づいてきて、横抱きにされたことを知る。

「さて、そろそろ中に戻ろうか。薄いモスリンドレス一枚の君に、風邪をひかせたらいけない」

ほんの少し前、触れることすら躊躇った彼の胸に、クロエはもたれかかった。

(運命の恋ではないけれど……でも、ミハイル様が最初の恋人でよかった。それくらい、思ってもいいわよね？)

それは、胸の奥に点った小さな灯り。

だがクロエは深く考えることをやめ、灯りから目を背けた。


背の高い男性に横抱きにされると、やけに床が遠くに感じる。

ついさっき、横を通り抜けたベッドも、天蓋のほうが近くに見えることを知った。

だが、そんなふうにこれから起こることに胸をときめかせていたとき、なんの前触れもなく、ミハイルがバランスを崩した。

彼の腕から落ちそうになり、慌てて彼の首に手を回そうとしたが……。

(やだ、間に合わない！)

クロエが諦めて身体を丸めようとした瞬間、ミハイルは逆に、彼女を強く抱きしめたのだった。

一瞬で上下が入れ替わり、彼は自分が下敷きになってベッドの上に倒れ込む。

ダンッと重い荷物を落としたような音がして、クロエの身体にも若干の衝撃が伝わってきた。

「すまない！　痛いところはないか!?」

「い、いえ、わたしは……」

ミハイルの声は慌てふためいている。

だがそれ以上に気になったのは、彼自身がどこか痛めたような声だった。

（これって、ひょっとして、わたしが重かったせい？）

女性の平均より少し高い身長、胸もお尻も小さいとはいえない。想像以上に重量感があったため、支えきれなかったと言われたら……。

それはあまりにも恥ずかし過ぎる。

だが同時に、別のことにも気づいてしまった。自分はまともに彼の上に乗ってしまっている、ということに。

クロエは急いで起き上がろうとしたが、阻止したのはミハイルだった。

「は、放してください、ミハイル様。わたしより、ミハイル様がお怪我をされたのではありませんか？」

「どうしてそう思う？」

「お声が……何か、我慢されているように聞こえます」

その返事を聞くなり、彼はクロエを自由にしてくれた。

ミハイルもゆっくりと身体を起こし、左膝を立ててベッドヘッドにもたれかかった。そして、伸ばしたままの右膝をさすり始める。

「王宮医師の方をお呼びしたほうがいいですか？」

「いや、大丈夫だ」

「わたしが重かったせいですね……ごめんなさい。ミハイル様には、ご迷惑をおかけしてばかりで」

クロエが本気で謝罪すると、ミハイルは弾かれたように笑った。

「まさか。君が重いわけがない」

「でも……」

「君のせいではなくて、年甲斐もなくカッコをつけようとしてこのざまだ。笑い話にもならないな」

「……」

クロエが無言のまま彼の右膝をみつめていると、ミハイルは仕方なさそうに口を開いた。

「――降参。十六、いや、十七年前に負った古傷だ。それ以来、ちょっとした負担で右脚が言うことを聞かなくなる」

ミハイルの釈明を聞き、クロエはひとつのことを思い出した。

「では、ミハイル様が夜会の招待を断っている理由というのは、ひょっとして？」

「まあ、そんなところかな。ダンスは一曲二曲なら平気だと思うが、もし、女性と一緒に転んだりしたら……」

王宮の舞踏会でそんな事態になれば、相手の女性に恥を掻かせてしまうことになる。

そして、国王の招待を断りながら、サビーヌ——貴族でもない女性が主催するサロンに顔を出すことはできないだろう。

「そんな事情がおありだったのですね。でも、それならどうして、人嫌いなんて噂が広まったのかしら？」

「公表してないからだ」

「え？　どうして？」

「私は地位も後ろ盾も持たずに、諸国を渡り歩いている商人にすぎない。小さな弱みでも命取りになりかねないことを知っている。だから王宮医師は不要だ。君も、古傷のことは誰にも言わないでくれ」

クロエは間髪を容れずに大きくうなずく。

秘密の共有は、男女の仲を深めるうえで重要な意味をなす。その秘密を明かしてくれたということは、ミハイルは真剣にクロエのことを求めてくれているのかもしれない。

それなら自分に許される限界まで、ミハイルとの約束を優先しようと心に決める。

クロエはモスリンドレスの裾をたくし上げ、フラットシューズを脱ぐとベッドに這《は》い上がった。

そのまま膝立ちでミハイルの足元まで移動する。

「クロエ？」

今夜の彼は、初めて会ったときと同じ形状のシャツとブリーチズ。シャツは上質のリネンで、ブリーチズは絹サテンだとわかる。

そのブリーチズの右膝に、クロエはソッと手を置いた。

「さすったほうが、少しでも楽になりませんか？　小さいころ、転んで傷を作ったわたしに、母はこう言いながらさすってくれたんです——ボボ・ヴァ・ディスパレートル《痛いの痛いの飛んでけー》——って」

クロエには乳母がいて、子守女中も何人か雇われていた。

それでも母は、子育てを他人任せにはしなかった。子爵夫人の仕事の合間に、きちんとクロエとの時間も作ってくれたことを覚えている。

クロエがクルティザンヌになることを決めた一番の理由は母だ。

愛する夫に裏切られた挙げ句、先立たれてしまった。不名誉より何より、母にはそのことが堪えている。心も身体も患った母を、見殺しにできるはずがない。

とはいえ、真実を告げれば、逆に母の寿命を縮めてしまうかもしれない。

クロエは現在、子爵令嬢の窮状を慮った父の旧友の推薦により、上流階級の夫人が催すサロンのお手伝いをしていることになっている。

(ああ、ダメよ。今は、お母様のことを思い出しているときじゃないわ)

できるだけ優しく、古傷に障《さわ》らないように、そんな思いを籠めてさすっていると、その手をミハイルに摑まれた。

「ずいぶん楽になった。ありがとう」

彼は身を乗り出してきて、もう片方の手でクロエの頬を撫でる。

そして軽く口づけた。

「君はその見た目だけでなく、心映えも美しい女性だ」

ミハイルの言葉は、あっという間にクロエの心に溶け込み、奥深くまで沁み込んでいく。

強張《こわば》った心が柔らかくほぐされ、彼に夢中になってしまいそうで……そんな不安を打ち消す間もなく、クロエは仰向けに押し倒されていた。

ベッドのマットレスは思ったより柔らかかった。真っ白い染みひとつないリネンのシーツが、倒れ込んだ彼女の身体を優しく受け止めてくれる。

彼女の唇を追いかけるようにミハイルは覆いかぶさってきて、三度、吐息を奪われてしまう。

しかも、今度はこれまでとは違うキスだった。

「あ……んっ、んん、ふ」

肉厚な舌先で唇をなぞられる。

クロエがほんのわずかに唇を開け、息を吸った瞬間――その隙間をこじ開けるようにして、彼は舌を滑《すべ》り込ませてきた。

それは無遠慮なまでに生々しく蠢《うごめ》き、歯列を舐め、唾液を啜《すす》る。

あまりの荒々しさにクロエは泣きそうになるが、寸前、彼は心得たように唇を離してくれた。

「激しくすると、私が怖いか？」

「よく……わかり、ません。でも……ミハイル様は、怖くありません」

すぐ目の前にある彼の瞳がふいに和《やわ》らぐ。

「それはよかった。では、もう少し先まで進もう」

「あ……それ、は……あぁ」

モスリンドレスの襟《えり》についた紐がほどかれ、胸元が大きく開かれる。

二の腕が剥《む》き出しになるくらい襟を下げられ、白い素肌とともにこんもりと盛り上がった双丘が露《あらわ》になった。

胸の頂《いただき》に痛いほどの視線を感じる。

「あ、あまり……見ないで……」

小さな声でそう言うだけで精いっぱいだ。

「なぜだ？」

「は、恥ずかしいです」

「私を幸せにしてくれるのだろう？　クロエ……私の望みは、君のすべてを手に入れることだ」

熟れ始めたばかりの果実を慈しむように、彼は大きな手でやわやわ揉《も》みしだく。

ミハイルの手に揉まれ、柔らかな乳房は次々に形を変え、羞恥心《しゅうち》を伴う違和感は、少しずつ快感へと変化していった。

(胸を揉まれるのって、なんだか、気持ちいい。いいえ、そうじゃなくて……恥ずかしいのと、気持ちいいが同じなのかしら？)

少しずつ呼吸が荒くなり、クロエの口から甘い吐息が漏れ始める。

「あ……はぁ、ん……あぁ」

目を閉じかけたとき、別の快感がクロエの全身を駆け抜けた。

ミハイルが胸の頂にキスしている。

それも、先端を口に含み、ぬめりのある舌でねぶり回され、そこからは、チュパチュパと恥ずかしい音まで聞こえ始めた。

「ミ……ハイル、さ……ま、そん……そんな、ふうに、舐め、な……いで」

必死に訴えるが、彼は舌による愛撫をやめようとせず……その手はドレスの裾から内側に入り込んだ。

熱を帯びた掌《てのひら》で内股を撫で上げられ、クロエの身体がピクンと震えた。

「ひょっとして、ドロワーズも穿いてないのか？」

国王の依頼を承諾したあと、使者からこのモスリンドレスを渡された。

その際、よけいなものは身につけないように、と注意まで受けたのだ。それには下着も含まれているのだろうと思い、シュミーズはもちろんドロワーズも着てこなかった。

王宮に入るまでは外套を羽織っていたので、なるべく気にしないようにしていたが……。

（ひょっとして、ドロワーズは穿いてくるべきだった？）

そんなことを思い立ち、クロエは蒼白になる。

大げさなことを言っても、結局はただの娼婦だと思われたかもしれない。そんな不安が一気に襲いかかり、心と同時に身体から熱が引きそうになる。

だが――。

「このドレスといい、およそ、陛下が気を回したのだろうが……無垢な君にはさぞ恥ずかしかったことだろう」

「それは……」

うなずけば、国王を非難する形になってしまう。

クロエが返事に迷っていると、それだけでミハイルに伝わったようだ。

「ああ、答えなくてもいい。その代わり、力を抜いてごらん」

それほど力を入れているつもりはないのだが、男性に触れられているだけで、四肢が緊張で強張るのは仕方のないことだった。

その直後、ドレスの下で手が動き、脚の間に指を押し込まれた。

「やっ……やぁあっ！」

とっさに閉じようとした膝の間に、彼の脚が割り込んだ。脚一本分の隙間ができ、そこを目がけて彼は指を押し進めた。

硬く尖《とが》り、敏感になったその場所を、ミハイルの指が何度も往復する。

花びらに埋もれていた花芯は、わずかな愛撫でぷっくらと腫れ上がった。心地よさにクロエは腰を揺らし始め……。

そのとき、ミハイルの指が蜜穴の周囲をなぞった。

クルクルと円を描きながら、少しずつ、少しずつ、蜜穴の内側へと侵入してくる。

「あ、あ……待って、あの……あぅ」

膣内《なか》に彼の指を感じたとき、クロエは手に触れたリネンのシーツを、思いきり握りしめていた。

「痛むか？」

フルフルと首を左右に振る。

痛みは感じない。ただ、自分の体内に挿入される指の感覚はこれまで経験したことのない不思議なものだった。

クロエの反応に安堵したのか、彼は蜜窟の浅い部分を指でかき混ぜた。

たちまち快感の小さな波が押し寄せ、クチュクチュと恥ずかしい蜜音が寝室内に広がり始める。

ミハイルは彼女の耳元に唇を押し当てながら、

「ん？　ずいぶん気持ちよさそうな音がしてきたんだが」

低いトーンの声でささやく。

クロエが口を開こうとした瞬間、内側にある指が蜜襞を大きく擦り上げた。

「ひゃぁ、んっ！」

蜜はさらに溢れ出し、グジュッと大きな音が聞こえてきた。

ミハイルの指は、蜜窟の浅い部分を集中的に攻めてくる。蜜音を響かせながら激しく出し入れして——。

「あぁっ!!」

刹那、クロエの意識は真っ白になった。

ハアハアと荒い息遣いを繰り返しつつ、クロエは羞恥に顔を隠した。

（こんな……こんなふうに、感じてしまうなんて……）

そのとき、ミハイルは彼女の両足首を摑み、左右に大きく開かせたあと、その間に腰を下ろしてきた。

ブリーチズの前はすでに寛がせてある。そこから取り出された男性器は、すでに雄々しくそそり勃《た》っていた。

「ミハイルさ……ま？」

「大丈夫だ。痛くしないから、暴れるんじゃないぞ」

彼の目が別人のように煌めいて見える。その輝きに、野生の猛獣のようなどう猛さを感じ、クロエは返事もできずに彼の目をみつめ返した。

（ミハイル様の瞳って、黒ではないわ。グレー、それもとても濃い色）

そんなことが頭に浮かんだとき——ツプンと彼の昂《たかぶ》りが挿入されたのだった。

「はぁうっ！　あぁ、あ、やっ、あぁぁっ」

グイグイと押し込まれていく。身体を揺らされるたびに、意味のなさない声が口からこぼれる。

クロエは固く目を閉じるが、彼の言うとおり痛みはなかった。

ゆっくり、時間をかけて、蜜襞がじわじわと広がっていく。クロエの処女窟は抗うことなく、ミハイルの劣情《れつじょう》をすっぽりと呑み込んだ。

なんという圧迫感だろう。

隙間なく、みっちりと詰まっているようだ。

クロエが身動きもできずにいると、ふいにキスの雨が降ってきた。

「いい子だ、クロエ。君の躰は最高に素晴らしい。これだけでも、私は充分に幸せだ。君も同じ思いならいいんだが」

唇から頬、こめかみ、額、そして左右の瞼《まぶた》まで、ミハイルは順に口づけていく。

彼の声は堪えきれないほどの情熱を孕《はら》んでいた。

「わたしも……幸せです。初めての恋人が、あなたでよかっ……たぁ……っん」

クロエの返事を最後まで聞くことなく、ミハイルは腰を軽く揺すった。

それは、閨事と聞いて想像していた荒々しい抽送ではなく、経験のない彼女をいたわった優しい交わり。

ふたりの躰は隙間なく重なり、奥まで入り込んだ彼とひとつになっていく。

「はぁ……ぅ、あっ、あぁ……や、やだ、わたし、わたしの、な……かぁ」

初めての感覚がクロエを襲った。

そのつもりもないのに腰が戦慄《わなな》き、クロエの脚は条件反射のように閉じようとする。

「おやおや、もう膣内《なか》が痙攣するように締まってきている。初めてのくせに、こんなに淫らになるなんて。恋人は初めてでも、練習相手はたくさんいたのかな？」

「ちが……違いま、す……ほ、ほんと、本当……に、あ、あ、あぁっ！」

ミハイルに疑われたくない。その一心で、必死になって言い訳してしまった。

「ああ、わかった。わかったから、大きく息を吸って、ゆっくり吐くんだ」

言われるまま息を吸い込んだ。

その瞬間を狙っていたのか、さらに奥まで、ミハイルの雄身が挿入された。

「あ……やっ、待って、そんなぁ……奥、まで」

ほんの少しの痛みと、それを凌《しの》ぐ快感。

甘く痺れるような疼《うず》きが、じわじわと膣奥に広がっていく。

「私がこの国にいる限り、君の恋人は私ひとりだ。陛下にも、マダム・ジャールにも邪魔はさせない。他の誰より、この私を信じてくれ。愛してるよ、可愛いクロエ」

それはまるで魔法にかかったような気分だった。

ミハイルが口にした『愛してるよ』の言葉に、躰だけでなく心までしとどに濡れる。蕩けるような蜂蜜に全身を浸し、極上の甘さに溺れてしまいそうだ。

「信じ……ます。わたし、ミハイル様を……信じて、います。わた、しの……恋人は、あなただけ、だか……ら」

少しずつ、抽送のスピードが速くなっていく。

パンパンと肌を打ちつける音が聞こえ始め……しだいに蜜襞をこすり、底を穿つような激しさに変わった。

クロエは目を開け、両腕を伸ばした。

ミハイルの首に手を回し、必死に抱きつく。

「あ……あっ、あぁ……ミハイル様、ミハイル……さ、まぁ、あっあっあっ……ダメ、ダメ、あーっ」

堪えきれず、はしたなく声を上げた瞬間——。

ミハイルは彼女の腰を左右から摑み、重ね合った部分をより深くまで挿入して、ピタリと動きを止めた。

その瞬間、ミハイルの肉棒がピクンピクンと痙攣する。

噴き上げる白濁を膣奥に感じ、その奔流は、襞の一枚一枚に浸透していくかのようだ。

クロエはこのとき、自分の置かれた立場も何もかも忘れて、心の底からミハイルと出会えた運命に感謝していた。

第二章　蜜愛遊戯

クロエがクルティザンヌとなった夜から、一ヵ月が過ぎた。

この日、彼女は母を連れて、プルレ市郊外にあるこぢんまりとした屋敷に移った。

そこは百年以上前に貴族の別邸として建てられ、未亡人をはじめとした女性にあてがわれた屋敷だという。しかし、半世紀前の内戦で当主が外国に逃亡してしまった。後継者が名乗り出ないまま、半世紀も放置されていたようだ。

朽ちかけたその屋敷を見つけたとき、ミハイルはすぐに購入を申し出た。

そこは、クロエの母のための家だった。

子爵邸を追い出されたあと、行き場のなかったクロエたちは、しばらくの間、母の知人宅を渡り歩くようにして暮らしていた。

だが、母の知人には夫や息子がいて、彼らはクロエに見返りを求め始めた。

クロエたちは客ではなく、単なる居候《いそうろう》にすぎない。それも貴族階級からのはみ出し者。世話をしたところでなんの得にもならない。それなら、クロエにできることで返せと言われたら、いずれ断れなくなってしまうだろう。

母も彼らの思惑を察したらしく、クロエが安宿に移っても文句ひとつ言わなかった。

しかし、宿代すら乏しくなり……。

すべてにおいて行き詰まりを感じていたとき、サビーヌに出会った。

彼女のおかげで、市内のアパルトマンに部屋を借り、母を医者に診せることができた。薬も投与してもらえるようになったが、そのころには、母はほぼ寝たきりになってしまっていたのだ。

だが、それを知ったミハイルは、前向きな提案をしてくれたのである。

『君のお母上はまだ若いのだろう？　ならば、人の目に晒されない郊外に出て、昔を思わせる一軒家で使用人に傅《かしず》かれて過ごせば、元気を取り戻せるのではないか？』

たしかに、母はまだ三十代だ。

クロエたちの住んでいるアパルトマンは、決して高級とは言いがたいものだった。あらゆる年齢、階級、職業の人間が入り乱れており、騒音も激しく、犯罪もないとは言えない。同じアパルトマンの一室で、街娼が客を取っていたくらいだ。

クロエは一見、儚げで壊れやすい陶器の人形のように思われやすい。

だが中身は、見た目ほど繊細な神経はしておらず、むしろひとり娘としての責任感を常に持ってきたため、思いきりのよい逞《たくま》しい性格だと思っている。

だが、母は違った。

内戦の際、勝者についた伯爵家のおかげで、母の少女時代は過分に満たされたものだった。結婚により爵位は下がったものの、裕福だった父は母を『最愛の妻』と呼び、お姫様のように大切にしていたときもあったのだ。

もし、それらの日々に近づけることができたなら……。

（ミハイル様の言うとおり、お母様の病もよくなるかもしれない。だって、最初は気の病だったのだもの）

クロエはミハイルの提案に感謝し、即刻受け入れることにしたのだった。

あのとき、涙ながらにお礼を言うクロエを見て、ミハイルは苦笑いを浮かべていた。

『そんなに感謝されるとバツが悪いな。お母上を郊外の一軒家に移せば、私たちの噂を耳にする機会はぐっと減る。君の代わりの使用人もつければ、君も安心して私ともっと長く過ごしてくれるだろう？　そんな下心がいっぱいの提案だったんだが』

彼は肩までかかる白銀の髪をかき上げながら、うっとりとしたまなざしでクロエのことをみつめていたように思う。

最初の夜、クロエは夜が明けないうちに王宮をあとにした。

彼女が初めて明るい場所でミハイルの容姿を目にしたのは、王宮での逢瀬の翌日、彼がクロエに会うため、サビーヌのサロンを訪れたときのことだった。

その日、サロンには顔なじみばかり集まっていた。

パーティと呼べるほどの規模ではなく、サビーヌが取り巻き数人に囲まれ、たあいない話で盛り上がっていた程度だ。

ただ、その中にはサビーヌからクロエに乗り換えようとする男性もいた。彼らは王太子との顔合わせが上手くいかなかったことを知っていて、自分のほうがより裕福で、君にふさわしいと口々にアピールしてきて……。

そこに、ミハイルが現れた。

絹タフタのフロックコートを羽織り、下は外出用のトラウザーズ。首元には深いエメラルドグリーンのクラヴァットを結んでいた。

周囲から抜きん出て背が高く、驚くほど脚も長い。

そして、見事なまでの銀髪をなびかせ、灰褐色の瞳は自信に満ち溢れて見えた。

何より、夜会のときに見た王太子以上の気品を感じる。彼に爵位がないことが不思議なくらいだ。

『愛しいクロエ、さっそく君に会いに来た。初めての贈り物は、こんなものでよかっただろうか？』

情熱的な言葉とともに差し出されたのは――。

蕾《つぼみ》ばかりで揃えた赤い薔薇《ばら》の花束と、ダイヤモンドに囲まれた大きな琥珀のネックレス、そして、甘いショコラを使ったお菓子。

この日を境に、クロエがクルティザンヌとして独り立ちしたことが、裏社交界に一斉に広まった。

相手が、かねてから噂されていたギョーム王太子ではないという点が、最速で広まった原因ともいえる。

加えて、肝心の相手は、素性もよくわからない異国の男、ミハイル・ヴィクトル。

隣国との争いが激化する中、武器を調達するうえで欠かせない商人であることは間違いない。だが、国王が国賓としてもてなしているのをいいことに、多くの男が楽しみにしていた初々しい薔薇の蕾を、横から掠め取ったのだ。クロエは、我が国が最新の武器を手に入れるための生贄《いけにえ》、とまで言われた。

しかし、そういった悪意に満ちた噂は、クロエのパートナーとしてミハイルが裏社交界に出入りするようになると、あっという間に聞こえてこなくなった。

その代わり、別の噂が――。


「……エ……クロエ？　本当に、こんなお屋敷に住まわせていただいてもいいのかしら？」

クロエはハッとして顔を上げる。

声の主に視線を向けると、主寝室のベッドに横たわる不安そうな母の顔があった。

「大丈夫よ。何度も説明したじゃない。このお屋敷は、国王陛下のご厚意により賜《たまわ》ったものなの――」

サロンの手伝いをするうちに、上級貴族夫人の目に留まり、王宮の夜会に付添人として出席させていただいた。そのとき、父が生前、国王の利益となる仕事をしていたことがわかった。国王はクロエと母のこれまでの苦労をねぎらい、クロエには新しい仕事を、母には静養できる屋敷を下賜《かし》してくださったのだ、と。

まさか、娘が高級娼婦となり、その相手に貢いでもらった屋敷だとは、口が裂けても言えない。

(お父様だってたくさん貢いだのだから、少しくらい返してもらってもいいじゃない、なんて……)

そんなふうに考えた瞬間、胸の奥がズキンと疼いた。

「でも、あんなに多くの使用人たちがいて……お給金はどうするの?」

「使用人はすべて、このお屋敷にいた人たちなの。陛下はお優しいから、ずっと雇い続けるのですって。だから、お給金のことは心配しないで。それに、お母様が元気になったら、ここは出てもいいのよ。また一緒に暮らしましょう」

「クロエ……」

国王がクロエに与えてくれた新しい仕事――それはプルレ市内にある大邸宅に住み込み、国賓を接待するというお役目だ、と母には話してある。だから、これまでのようには母の世話ができない。それも考慮して、国王がこの屋敷を与えてくれたのだ、と。

だが真相は、ミハイルが用意したプルレ市内の大邸宅で、彼とともに暮らすということだった。

奇しくも、あの王宮の侍女が望んだとおりになってしまったのが少し悔しい。

（ミハイル様に王宮から出て行ってほしい、って感じだったものね）

クロエはベッド脇に歩み寄り、床に膝をついて、母の手を握った。

つい最近、ミハイルから彼が三十五歳だと聞いた。

クロエの母は三十九歳、たった四つしか違わないのに、あまりにも年老いて見える。それは、この二年あまりで母の美しい金髪が、くすんだ茶色に変わってしまったことが大きい。

生まれたときは鮮やかな金髪でも、中年になるころには茶色や黒に変化してしまう人が多くいる。だが母の家系は、五十代を過ぎても美しい金髪でいる人も多い。母の変色は年齢のせいというより、気苦労のせいだろう。

頬はこけ、シワも増え、折れそうなほど細くなってしまった手が哀れでならない。

子爵夫人となりながら、下にも置かないように大切にされながら、娘ひとりしか産むことができなかった。息子を産めなかったことは、母の人生で後悔のひとつだと聞いたことがある。

『クロエがお嫁にいったら、たくさんの男の子に恵まれますように』

クリスマスのたび、母はそんな願いごとを口にしていた。

エフォール王国ではどんな事情があれ、女の子が家督を継ぐことはない。

父がなんの問題も起こさず、クロエがあのまま女子寄宿学校を卒業していたとしても、いずれ爵位は遠縁の男性のものになったのだ。

だが、それすらも凌駕する深い愛情が、父と母の間には存在した。

そしてそれは、クロエにとって誇りだった。

（きっと、愛は脆《もろ》いんだわ。何十年もかけて築き上げても、簡単に壊れてしまう。だから、ミハイル様の愛情も今だけ……商売を終えて、この国を出て行ってしまったら、わたしはもう……）

母には嘘をつき、ミハイルには恋人として様々なものを用立ててもらっている。クロエは誰に対しても、後ろめたさを感じていた。

そのとき、母の目に涙が浮かんだ。

「クロエ、ごめんなさいね。私がしっかりしなくてはいけないのに……いいえ、私がダメな妻で母親だったから、お父様は命を失い、あなたを働かせてしまうことになったのだわ」

クロエは偽善者めいた後悔を頭の中から追い払い、母に向かって微笑んだ。

「お母様は疲れているのよ。お父様は……愛を見失ってしまっただけ……。わたしは平気よ。これからは、女性も働く時代になるんじゃないかしら？」

「ああ、クロエ……あなたには学校を出て、立派な男性と結婚してほしかった」

「そんなふうに言わないで、お母様。国王陛下だって、お気にかけてくださるのよ。立派な結婚相手が見つかるかもしれないわ。その日のために、早く元気になってくれなくちゃ」

嘘ばかり上手くなる。

クロエは笑顔のまま、そんなことを考えていた。

☆
☆
☆

プルレ市内を流れるロメーヌ川の南、大邸宅が並ぶ一画に、ミハイルがクロエと過ごすために購入した家があった。

『王宮だと王妃の目もある。侍女たちもいろいろ噂するだろうし、そんな環境では君と朝を迎えることすらできない』

彼の言うとおり、夜更けを待ってクロエが国賓の間を訪れ、夜明け前には王宮を出るという逢瀬では、あまりに短い。

クルティザンヌのほとんどは、市内にそれなりの自宅を所有している。高級アパルトマンであったり、一戸建てのメゾンであったり……。

彼女らは自宅に男性を招き入れ、恋人としての時間を過ごすのだ。

大事なことは、選ぶのはあくまで女性の側ということ。

別れを告げられたら、男性は寝室に招き入れてもらえなくなる。不満を漏らしたり、ごねたりしようものなら、その女性が主催するサロンにも出入り禁止になってしまう。別れたあと、愛する女性が新しい恋人を作り、目の前で蜜月を過ごしていても、黙って見守ることが裏社交界のルールだった。

ただ、サビーヌの場合は少し違った。

彼女は王宮近くの静かな場所に大貴族並みの屋敷を構えている。街の中心からは少し離れており、屋敷の周囲は高い塀が巡らされていた。それらはすべて、お忍びで訪れる国王のためだった。

サビーヌも時折、国王以外の恋人と戯れることがあったが、自宅に招くことはしない。

彼女と国王の間には、特別なルールがあるのだろう。

問題は、クロエには自宅と呼べる家がないことだった。

まさか、下町に近いアパルトマンの一室、それも母が寝ている部屋に、ミハイルを招くわけにはいかない。

だからといって、サビーヌの屋敷を使わせてもらうのもおかしいだろう。

そんなクロエのため、ミハイルは束の間しか滞在しないこの国に、クロエの母を住まわせる郊外の屋敷と、市内にある大邸宅まで購入したのである。

大邸宅の場所は、市内の中心にある高級住宅街で、由緒ある貴族が所有していた。地下一階、地上三階、寝室が二十もある。広大な庭こそないが、維持するには相当の金がかかる……いわゆる金食い虫だ。

だからといって、手放そうにも体裁が悪い。

そこに目をつけたミハイルは、国王に間に入ってもらい、短い時間で売買を成立させたのだった。

ミハイルは郊外の屋敷と合わせて、どちらも二週間程度で内外装を整えさせた。

そのころには、〝人嫌いで野蛮な武器商人〟あるいは〝武器の調達を餌《えさ》に処女を買った悪魔〟といった評判が、〝初心なクルティザンヌに骨抜きにされた男〟に変わった。

(でも、そう言われても仕方ないのかもしれない。だって、今夜は)

家具の配置も終え、新しい使用人も決まり、ヴィクトル邸では夜会が開かれていた。

表向きは、改装した新居のお披露目となっている。だが、ミハイルが本当にお披露目したいのは——クロエだった。


「お招きありがとう。素敵なお屋敷だわ」

大広間にポツンと立つクロエに、声をかけてくれたのはサビーヌだった。

「ありがとうございます。マダムのお顔が見られて、ホッとしました」

ミハイルが傍にいるときは、お客の誰もがクロエにも話しかけてくれる。ところが、ミハイルが所用で席を外したとたん、ほとんどの客がクロエを無視した。

この夜会は、ミハイルが国王の賓客という立場上、公的な要素も含まれている。そのため、本来なら出席するはずもない上級貴族まで顔を出していた。

彼らの表情からはそれぞれ、

『ミハイルの機嫌を損ねることはできないが、同列にされるのは我慢ならない』

『裏社交界の女を、貴婦人扱いできるものか』

といった本音が聞こえてくるかのようだ。

「こちらの女主人はあなただと聞いたわ。郊外のお屋敷にいくつもの宝石、それに、今夜のドレスは極上の絹タフタと……この国では見かけない凝ったレースが素晴らしいわ」

今夜、クロエが着ているドレスは、藍色《あい》の絹タフタに異国で織られた希少なレースがふんだんにあしらわれていた。

ドレスの下には、後方だけ膨らませたクリノレットをつけている。それも、最新のデザインだった。

そして、サビーヌの目に留まったのが、ドレスの色に合わせてミハイルが贈ってくれたターコイズのネックレス。青い石が玉状に加工され、長い一本の糸で繋がれて、クロエの胸元で二重になって輝いていた。

装いだけなら、ここに王妃がいても負けることはないだろう。

「ミハイル様はお優し過ぎて……。甘やかされて、困ってしまいます」

クロエは控えめに答えたつもりだったが、サビーヌは思わせぶりに笑う。

「気取らなくてもいいのよ。この家も、あなたがおねだりしたんでしょう？」

「いえ、郊外のお屋敷はいただきましたが、ここはミハイル様の」

「わたくしにはね、司法官の中にも懇意にしてくださる方がいるの。ヴィクトル様がエフォールを離れたとき、この家はあなたのものになるそうよ」

まさか、そんな手配まで済ませているとは思わなかった。

クロエが絶句していると、ふいにサビーヌが声を潜めた。

「ねえ、ご存じ？　ヴィクトル様に仲介をお願いしている武器が手に入れば、陛下は国庫の半分を彼に支払うことになるのですって」

「いえ……お仕事のことは、話してくれませんので……」

この一ヵ月、彼は惜《お》しげもなくクロエに貢いでくれる。

だが一緒に過ごした夜は、というと、実は数えるほどしかない。

贈り物にしてもそうだ。クロエが自分からねだったことはなく、ただ、与えられるままに受け取っているだけだった。

呆然としているクロエの耳元で、サビーヌがささやく。

「お母様がもう一度貴族のような暮らしに戻れたのも、彼のおかげね」

「はい……あ、いえ、それもこれもマダムのおかげです」

何も考えずに、うなずいてしまうところだった。

言い直したクロエに、サビーヌはわざとらしく言う。

「わたくしではなく、陛下に感謝しなくてはね」

「ええ、はい、もちろんですわ。国王陛下には、とても感謝しております」

「そう……では、あなたの力を貸してくださる？　陛下のために」

サビーヌは、これまでクロエが見たことのないような、不敵な笑みを浮かべていた——。

『そろそろ潮時《しおどき》……広大なお屋敷など不要……これ以上は危険……』

サビーヌとの話を終え、なかなか戻ってこないミハイルを探して、クロエが裏庭に足を踏み入れたときだった。

外国語の、それも、あまり穏やかでない単語が耳に飛び込んできた。

（たしか……寄宿学校で習った、ホーリーランド王国の言葉？）

国交はあり、双方に大使館が置かれていたはずだ。民間、経済レベルでの交流もあるが、軍事境界線上ではひとつトラブルが勃発《ぼっぱつ》すれば、戦争が始まりかねない関係だと聞いたことがある。

ここが王宮の庭なら、そういった来客はあるかもしれない。

だが、いくらミハイルが武器を扱う商人とはいえ、あくまで民間人。そしてここは、そんな彼が買い上げた私邸の庭だ。

（ミハイル様が何かトラブルに巻き込まれているの？　ひょっとして、国外に出られるご相談とか？）

クロエは震える手をギュッと握りしめ、声の聞こえた方向にゆっくりと歩いていった。

刹那——。

「誰だ!?」

鋭い声で誰何《すいか》され、クロエの身体は一瞬で硬直する。

だが、木の陰から姿を現したのはミハイルだった。声の主も彼だとわかり、クロエが安堵して駆け寄ろうとしたとき、灰褐色の瞳が険しく光った。

「クロエ……いつからそこにいた？　何を聞いた？」

彼らしくない、クロエを責め立てるような言い方だ。

クロエはどうにか声を押し出す。

「いえ……潮時といった言葉くらいしか……。ミハイル様、あなたの身に危険が迫っているの？」

その返事にミハイルは目に見えて驚いた顔をした。

『これはこれは、驚いた。エフォールの花――クルティザンヌは、その辺のボンクラ貴族より遥かに高い教養があると聞いておりましたが、どうやら事実らしい』

答えたのはミハイルではなく別の男性の声、しかも外国語だ。

それも、つい先ほど耳にした言語ではなく、別の国、ヴァルテンブルク連合国の言葉に聞こえる。我が国との友好度合いはホーリーランド王国と大差なく、どちらにしても、穏やかならざる状況かもしれない。

クロエは落ちつこうとして、深く息を吸った。

夜会の最中のため、屋敷からは煌々《こうこう》とした灯りが漏れてきている。

その灯りは裏庭の奥まで届き、ミハイルの背後に立つ男性の顔まで、はっきりと浮かび上がらせた。

『おい、よけいなことは言うな。話は終わりだ。仕事に戻れ』

ミハイルの口からも流暢《りゅうちょう》なヴァルテンブルク語が聞こえてきた。

『しかし……ここまでされる必要は……』

『アイヴァン！』

黙って聞いていたクロエだったが、ミハイルが声を荒らげたことで、おもむろに口を開く。

「まあ、ホーリーランドからのお客様と思いましたのに、ヴァルテンブルクの方かしら？」

その瞬間、アイヴァンの顔から余裕が消えた。

クロエが外国語を習ったのは寄宿学校でだけではない。彼が言ったとおり、クルティザンヌに必要な教養は、ちょっとした外交官並みと言われている。ただの花なら街頭で買える。綺麗なだけの着せ替え人形も同じだ。それだけではない〝何か〟がなくては、クルティザンヌは務まらない。

サビーヌはそう言うと、クロエのために専門の家庭教師をつけてくれた。

そのおかげで、自国語以外にも四ヵ国語は理解し、周辺諸国の王位継承問題から、政治や経済にも通じている。

外国人のミハイルはそのことを知らなかったのかもしれない。

クロエも出しゃばってまで、彼の前で知識をひけらかすことはしなかった。当然、彼の知り合いであるアイヴァンも、聞いていなかったのだろう。ホーリーランド語を聞き取ったクロエを警戒し、とっさにヴァルテンブルク語で話し始めたにもかかわらず、それまで伝わってしまったのだから。

アイヴァンは赤毛で背の高い男性だった。

瞳はおそらく青。肌の色は女性のように白く見える。そのせいだろうか、ピリピリとして神経質そうな印象だった。

着ているものは綿のトラウザーズと上から羽織った腰までの丈のフロック。街で働くごく普通の青年の格好だ。

(ミハイル様の下で働いていらっしゃる方?)

探るように彼の顔を見ると、青い瞳がクロエを睨《にら》んでいた。

その目からは悪意を感じる。思えば、『エフォールの花――クルティザンヌ』という言い方をしたときも、クロエを見下し、小馬鹿にしたような口調だった。

(たかが娼婦の分際で……って、顔に書いてあるみたい。身なりは労働者なのに、軍の将校か、堅苦しい貴族みたいな考え方……ひょっとして、外国の貴族なの?)

ミハイルが人目を避けるようにして会っていた男性、クロエはアイヴァンの正体が知りたくなった。

「あら、高い教養がありそうですのに、我が国の言葉はお話しにならないの？」

わざと挑発的な言い方をした。

アイヴァンが想像どおりの男性なら、きっと我慢できずにクロエを罵《ののし》り始めるはずだ。隙を見せれば、彼の素性を探るきっかけが摑める。

だが、期待は見事に外れた。

クロエの挑発を軽く受け止め、アイヴァンより早く口を開いたのはミハイルだった。

「すまない、クロエ。彼は私の部下、アイヴァン・ルカだ。エフォール語はあまり得意ではないので、もう勘弁《かんべん》してやってくれないか」

先に謝られては、それ以上強くは言えない。何よりクロエ自身、聞き取るのは得意でも、外国語を話すのは苦手なのだ。

クロエは軽く膝を折ると、わざとらしい笑顔を作った。

「はじめまして、クロエ・セレスティーヌ・デュ・コロワと申します。どうぞお見知りおきを」

「アイヴァン・ルカです……よろしく」

彼のほうも渋々といった顔で答える。そのままクロエの前まできて地面に膝をつき、手の甲にキスするふりをした。雇い主であるミハイルが望むなら、たとえ娼婦であっても貴婦人の扱いをする、といったところだろう。

ミハイルもそう思ったのか、苦笑いを浮かべている。

「私はあらゆる武器の開発研究から製造に至るまで、国家のみならず個人とも取引をしている。私の役目は取引相手との売買交渉だ。調達は主に部下任せで、その筆頭がこのアイヴァンなんだ」

そこで一旦区切ると、アイヴァンの手からクロエを取り戻すなり、軽く咳《せき》払いして追い払う仕草をした。

アイヴァンはとくにムッとした顔をするでもなく、ミハイルに向かって一礼すると、灯りの届かない暗がりへと消えていった。

その動きはよく訓練されたもののように感じて、思わず目で追ってしまいそうになる。

直後、ミハイルは流れるような動作でクロエを抱き寄せ、サッと口づけた。

「さっきの質問の答えだが――扱うものがものだけに、〝危険〟はいつも迫っている。というか、〝危険〟とは、かなり親密な関係にある」

言い始めは真剣な声で、最後のほうはふざけた口調に変わる。

ミハイルの顔に優しい笑みが浮かび、それを目にした瞬間、クロエの緊張もほぐれた。肩の力が抜け、つられるようにして微笑んでしまう。

「わたしよりも、親密な関係にはならないでくださいね」

「ああ、もちろんだ。何より、〝危険〟を相手に、こんな真似はできないだろう？」

彼はクロエの長い髪を指先に絡めながら、頬や額に何度も唇を押し当てる。

「アイヴァンはこう言っていたんだ。――エフォールでの商売には目途がついたから、引き揚げる潮時だ。それなのに、こんな大きな屋敷を買うなんて、とね」

「じゃあ……」

こんなお披露目の夜会をしながら、彼は今日明日にもこの国を出て行くのだろうか。

まだ先と思っていた現実を突きつけられ、クロエは喉に詰まった苦々しい思いを吐き出すように尋ねていた。

「それは、世間で噂されているように、そろそろ隣国が攻めてくる、ということでしょうか？　隣国が開発した武器のほうが、我が国のものより優れている、といった話も聞きます。ミハイル様は何かご存じ……」

頭に浮かんだ言葉を言い終える前に、ミハイルの手がクロエの顎をくいと持ち上げた。

上を向かされ、否応なしに彼の顔が近づいてくる。

「隣国とは、陸続きのヴァルテンブルク連合国のことかな？　それとも、海峡を挟んだホーリーランド王国？　エフォールと取引をするようになって、その二ヵ国には近づいていないが……誰かに探るよう言われたのかい？」

ミハイルの顔は怒っているようには見えないが、言葉の端々に小さな棘《とげ》を感じた。

「いえ……そういう、わけでは」

「ああ、マダム・ジャールか。陛下にも困ったものだ。何かと彼女を頼ろうとする」

クロエは精いっぱい大人びたふりをして、クルティザンヌにふさわしい立ち居振る舞いをしているつもりだった。

だが、ミハイルにかかっては、まるっきり子供扱いだ。

（マダムのことはひと言も口にしてないのに、どうしてわかってしまうの？　これじゃまるで、心の中が筒抜けになっているみたい）

彼の言うとおり、『隣国が攻めてくる』という情報は、少し前にサビーヌから聞かされたことだった。

『ホーリーランドは好景気で、どんどん強力な武器を購入しているのですって。ヴァルテンブルクは武器の開発に力を入れているというし……』

『待ってください！　ミハイル様は、敵対する両方の国に武器を売りつけるような、そんなモラルに反したことはなさいません』

『ええ、もちろんよ。でも、多少の情報はお持ちなんじゃないかしら？』

ミハイルがエフォール王国の味方であるなら、近隣諸国の軍備について、少しくらい情報を流してくれても倫理に反することにはならない。

そんなふうに諭されて、『力を貸してくださる？』の言葉に、クロエははっきりと断ることができなかった。

——男性から情報を聞き出したいときは、ベッドの中で尋ねるのが一番。それも、さんざん焦らしてご褒美《ほうび》を与える前か、充分満たされて警戒心が緩んだときか——。

その教えはちゃんと覚えていた。

それなのに、ミハイルが数日中にこの国を出て行くつもりかもしれない、と思っただけで、我慢できずに尋ねてしまった。

(覚悟はちゃんとできてるわ。彼がこの国を出て行くまでの関係……それが、嫌だなんて思ってない。別れたくないなんて……思って、ない)

クロエは危険な思いから必死で目を背けた。

そのときだ。ミハイルはふいに表情を和らげ、クロエの額に自分の額をこつんとくっつけた。

「少し怖がらせてしまったかな？　だが、君が落ち込むことはない。経験の浅い君を利用しようとしたマダムの責任だ」

「それは……わたしがまだ、半人前ということですね」

「君が未熟なのは事実だろう？　私は君の初めての恋人として、クロエという花を世界一美しく咲かせたいと思っている」

「そんなに早く、咲く……かしら？」

わたしが一人前のクルティザンヌとして花開くまで、この国にいてくださいますか？

ミハイルにそうねだりたくなって、クロエは唇を噛みしめる。

「私が信じられないと？」

「だって、おねだりの仕方も知らないままだもの」

「おねだり？」

「ミハイル様が、なんでも与えてくださるから……。周りの人は、今夜の豪華な夜会も、ドレスや宝石も、ぜーんぶ、わたしのほうからおねだりしたって思っているのに」

夜会に上級貴族まで招いたのも、クロエがヴィクトル邸の女主人のように振る舞ったのも、すべてクロエ自身が望んだこと。

周囲の人々はそんなふうに思っている。

さすが女帝の後継者、マダムの愛弟子なだけあって貢がせ方を心得ている、と。

そんな声を耳にするたび、ミハイルがいなくなったあとのことを考え、不安で胸がいっぱいになる。

だが、そんな不安を溶かしてしまうように、ミハイルの声が耳に滑り込んできた。

「では、今、君が欲しいものはなんだい？　言葉にしてみるといい」

「欲しい……もの？」

「そう、なんでもいいから、おねだりの練習だ」

一番に願っていることは、できるだけ長くこの国にいてほしい、ということ。しかしそれは、未熟なクロエにも、迂闊《うかつ》に口にしてはいけないことだとわかっている。

それ以外で彼女が望んでいることといえば、ひとつしかない。

「じゃあ、わたしを抱きしめて……愛してほしい」

「クロエ？」

フロックコートの袖を握りしめ、クロエは上目遣いに答える。

「皆さんに言われるの……ミハイル様と、さぞや情熱的な夜を過ごしているのでしょうねって。それなのに、わたしたち、一緒に朝を迎えたこともないなんて」

「そんなことでいいのかい？　この屋敷を購入したのは、君を心ゆくまで愛するためだ。いいかい、クロエ、明日の朝は一緒に迎えよう」

ミハイルは優しい。

だが、その優しさから情熱が伝わってこない気がして……クロエは衝動的に、つま先立ちになり、彼女のほうからキスしていた。

彼の首にぶら下がるようにして、懸命に唇を押し当てる。

「わたし……すぐに、こうしたかった、の。やっぱり、わたしのおねだりって、まだまだ未熟……なのね」

キスの合間に、必死で思いを伝えようとした。

返事がないということは、ミハイルのお気に召さなかったのか、あるいは、予想外の反応に困っているのか、そのどちらかだろう。

(嫌われる前に、わたしのほうから引かなきゃ)

自分の立場を思い出し、クロエは諦めて彼から離れようとして、

「そろそろ、夜会に戻りま……しょ……ぁっ」

背中を向ける寸前、彼の腕の中に引き戻されていた。

そのまま……今度は火傷《やけど》しそうなほどの熱を押しつけられる。吐息すらも熱を帯びて、口を開いた瞬間、彼の舌が入り込んできた。

クロエの舌を搦《から》めとるようにねぶり、吸いついてくる。

背筋がゾクッとして、下腹部に甘い痺れが走った。

「はぁ……あっ、んんっ……んぅ、ぁふ……ミ、ハイル……さ、まぁ……もう、も、どらな……い、と」

息も絶え絶えになり、どうにか彼から逃れようとした。

だが――。

「戻る？　キスをねだったのは君だろう？　私をこんなふうにしておいて、人前に立てと言うのか？　君には責任を取ってもらうぞ」

クロエの腰に当たっているのは、間違いなくミハイルの男性自身だった。それは雄々しく昂り、はち切れんばかりの硬さだ。布地越しにもかかわらず、はっきりとわかり、クロ

エは言葉を失った。

ミハイルの手がドレスの裾をたくし上げる。

絹のドレスの下からは綿のクリノレットが姿を見せ、前部分を留めた釦《ボタン》がミハイルの手により外されていった。

前がすっかり露になり、野外であるにもかかわらずドロワーズが丸見えになってしまう。

「ミ、ミハイル様……こっ、ここは、お庭とはいえ外、なので……あぁ、やっん」

そのとき、ミハイルの手がドロワーズの股割れ部分から中に入り込んだ。彼は野外ということを気にする素振りも見せず、指でまさぐり始める。

クチュッという小さな水音は、やがてグジュグジュと濫りがましい音に変わり、裏庭に広がっていった。

屋敷からは楽団の演奏が聞こえてくる。

主人が不在であることなど気にもせず、夜会は滞りなく進んでいるようだ。灯りが点され、ダンスに必要な音楽が流れ、空腹を満たす食事さえ提供されれば、それだけで夜会は成立する。

その間も、ミハイルの指は彼女の膣内《なか》で忙しく動いた。

欺瞞《ぎまん》に満ちた世界を横目で見ながら、クロエは快楽の階段を駆け上がっていく。覚えたばかりの快感が全身を走り、躰の奥から蜜を迸らせた。

「あ、あ、あ……やっ、あぁ、ダメ……ダメ、もう、ミハイル様ぁ……やぁ、ダメーッ！」

彼にもたれかかり、ガクガクと下肢を戦慄かせる。

唇を嚙みしめ、懸命に声を抑えようとするのだが、無駄な抵抗だった。

「クロエ……もっと、もっと、ねだってごらん」

「ミ、ハイルさ……ま、お願い」

今はそれを言うだけで精いっぱいなのに、ミハイルは許してくれそうにない。

彼は荒い息遣いのまま小さく首を振り、

「何をお願いしたいのか、きちんと言わないとダメだ」

「ミハイル様に……入れて、ほしいの。お願い」

「私の何を入れてほしいって？」

チラッと彼の目を見上げると、灰褐色の瞳が爛々《らんらん》と輝いて見えた。

ミハイルも、自分を求めてくれているとしか思えない。彼は本気でクロエを抱くためにこの大邸宅を購入し、部下の諫《いさ》めにも耳を貸さずにいるのだ、と。

その思いはクロエの中から、貴族令嬢だったころのたしなみを捨てさせた。

「お願い、抱いてほしいの。ミハイル様の、硬くて大きいもので……わたしの躰をいっぱいにして……お願い」

「――チッ」

彼は舌打ちすると、口の中で聞いたことのない呪文のような言葉を唱えた。

そのまま、クロエをゆっくりと抱き上げる。

「あ、待って……わたし、歩けます」

とっさに、ミハイルの脚のことが頭をよぎった。

「ジッとしていなさい。動かれたほうが、負担が大きい。それに、私が欲しくて君の恥ずかしい部分はとろとろだ。きっとまっすぐ歩けないだろうな」

その言葉を聞いたとたん、脚の間がズキンと疼いた。

しかも彼の言うとおり、とろとろの液体が臀部《でんぶ》まで流れ落ち、ドロワーズが湿っていくのを感じる。

クロエは息を止めるようにして、彼の腕の中でジッとしているよりほかなかった。


ひとりの招待客ともかち合うことなく、ふたりは寝室に飛び込んでいた。

寝室にはオイルランプが点されており、それはお互いの表情を見るうえで、充分な明るさといえよう。

ミハイルの手でドレスを脱がされていく。

コルセットとクリノレットを固定した紐にいたっては、彼は躊躇うことなくナイフで切っていった。

その結果、クロエはベッドの手前でしゃがみ込んでしまい、ドロワーズ一枚の格好でベッドに手をつくよう言われたのだった。

ミハイルはブリーチズの前を押し下げるなり、そんなクロエの背後から覆いかぶさっていく。

直後、彼は獣のようにクロエの躰に肉棒を突き立てていた。

「あっ、クッ、ゃあぁぁっ！」

クロエは頤《おとがい》を反らせ、我慢できずに悲鳴を上げる。

恥ずかしい言葉を口にして、抱いてほしいとお願いしたのはクロエのほうだ。不満などあるはずがなく、心は喜びを感じている。

それなのに、未だ女になりきれていない躰のほうが、羞恥と痛みに悲鳴を上げたのだった。

そんな彼女の喉元を撫でながら、ミハイルは頭の後ろでささやく。

「クロエ、前を見てごらん」

彼女は素直に顔を上げた。

そこには、四つん這いになり、こちらを見ている女性の顔が見えて……。すぐに、正面の壁に大きな鏡が立てかけられていることに気づく。

「ほら、男の硬くて大きいものを挿入された女の顔だ」

言いながら、彼はズンと腰を突き上げた。

「はぁうっ！」

クロエの躰の深い部分が、昂りの先端でこすり上げられ……。同時に、鏡に映った胸がプルンと揺れた。

「いっぱいになっているのがわかるかい？　それとも、中年男の一物では、もの足りないかな？」

「そん……な、あ、ぅ、ん、んっ……やぁ」

そんなことはない、と言いたいのだが、ミハイルの抽送に合わせて蜜襞が抉られるような刺激を受け、とてもまともな返事ができない。

「君が、気になっていることはわかる。だが、何も心配はいらない」

「そ、れって……な、なんの、ことか……あっ、んぅ」

「マダムから、私を探るように言われた件だ。君の顔を潰さないよう、陛下には直接、私が知っている限りの近隣諸国の兵器情報をお伝えしておこう」

思いもかけないことを言われ、クロエは鏡越しに彼の顔を凝視する。

すると、ミハイルもこちらを見ていた。それはひどく思いつめたような、深刻そうな表情で……ふたりは数秒間、言葉もなくみつめ合う。

胎内に彼の熱を感じながら、息をするのも躊躇われるような時間が過ぎていく。

短い時間が永遠にも感じ始めたとき、彼はおもむろに服を脱ぎ始めた。

「いけない子だ。こういうときの男の顔は、あまり見るものではないんだよ」

「ごめんな、さ……ぃ、あっ」

ミハイルの上半身が露になった。

これまで、薄暗い中での営みばかりで、そのため、上半身だけとはいえ彼の裸体を見るのは初めてのことだ。

細身に思っていた彼の肉体は、オイルランプの光に照らされ、ブロンズ色に艶《つや》めいて見えた。

彼はクロエより十六歳も年上で、時折、自らを中年と称することがある。

だが、こうして目の当たりにすると、彼は充分に逞しくて若々しい。

(きっと、男盛りと言うんだわ)

そんな言葉を思い出し、ふたたび彼に見惚れてしまいそうになる。

ミハイルはクロエの熱い視線に気づいたらしく、かすかに野蛮な笑みを浮かべた。

「どうやら、見るなと言われたら、見たくなるものらしい」

ハッとして顔を横に背けるが、もう遅かった。

ミハイルは彼女の腰を左右から摑むと、音を立てながら打ちつけ始める。

「あん、あっん、あっ、んんっ、やっ、あっ」

無意識のうちに、クロエは音に合わせて喘《あえ》いでいた。

すでに、鏡越しに彼の裸身を見る余裕もなくなり……。

「クロエ……ああ、愛しいクロエ。この屋敷も、すべて君のため……君のものだ。愛してる……愛してるよ」

彼の手がクロエのウエストをしっかり抱きしめる。

ふたりの隔たりなど何もないように、ミハイルの情熱は白濁となり、彼女の最奥に吹きつけられた。

たとえ、どれほどの快感を得たとしても、理性を手放してはいけない瞬間——。

「わたしも……愛してる、愛してるわ、ミハイル様。ずっと……ずっと、あなたの傍に、いた……ぃ」

しだいに小さくなる声で、クロエは愛を口にしていた。


「ごめんなさい……ミハイル様」

嵐のような時間が過ぎ去り、ふたりは抱き合ってベッドに横たわる。そのまま、彼の胸に顔を埋め、最初に口にしたのは——謝罪だった。

「何がだ？」

「さっきは、あまりに気持ちよくて……わたしったら、つい……愛してる、なんて」

最後まで彼に聞こえたかどうかわからない。

だが、『ずっと、あなたの傍にいたい』なんてことまで言ってしまった。

「それがどうして、ごめんなさい？」

彼は本当にわからない様子でクロエのセリフを繰り返した。

「あなたのことを、幸せにしたいって言いながら重荷になるような言葉を……」

そこまで言ったとき、ミハイルの手が伸びてきて、彼女の頭をふわりと包み込んだ。まるで小さな少女をあやすかのように、髪を撫で始める。

「愛しい女性に愛を告げられて、不幸せな男はいない」

「でも、わたしはクルティザンヌだから」

「だから？」

「だ……から……」

ふたりの恋は仮初の恋。恋人として振る舞っても、夢中になって愛し合ったり、妻のように我がままを言ったりしてはならない。ミハイルがどんなつもりで、『愛してる』と口にしていても、クロエだけは冷静さを失ってはダメなのだ。

（ああ、ダメ、どうしようもなく惹かれてしまう。クルティザンヌとして、ちゃんとしな

ければいけないのに)

ミハイルの温もりに涙が溢れてきて止まらなくなった。

二年間サビーヌに磨かれたとはいえ、クロエはまだまだ未熟な半人前だ。そのことはミハイル自身も承知している。当然、ベッドの上で男性を悦ばせる技術もなく、特別な知識や芸術性、培った人脈もない。

それなのに、彼はどうしてここまで尽くしてくれるのだろうか。

(ミハイル様がふいに我に返って、どうしてこんな女に、なんて思われたら……どうしたらいいの?)

ないとは言えない最悪の可能性に、クロエは背筋がゾッとした。

そのときだ。

「ただ、私は永遠にこの国にはいられない。そして、一度別れたら二度と会えないかもしれない。いや――」

髪を撫でる手をピタリと止め、ミハイルは続ける。

「もう、君と会うことはないだろう」

「わかっています。でも、もし、もう一度、この国に来られることがあったら」

「来ない。私は一度去った国を、もう一度訪れることはないんだ」

恐ろしいほど毅然《きぜん》とした拒絶に、寝室の空気は一瞬で凍りつく。

クロエの鼓動まで凍りつきそうになったとき、ミハイルが口を開いた。

「だから、後悔のないように愛し合っておきたい。あと、どれくらいとは言えないが、可能な限りこの国にいようと思っている」

「ミハイル様」

「君はいい子だ。母親思いで、神の与えた試練にも負けず、自らの力で人生を切り拓《ひら》こうとしている。君ならきっと……」

次の瞬間、ミハイルはクロエの背中に手を回し、息もできないくらい強い力で抱きしめた。

「クロエ……君なら、どれほど過酷な運命が待ち構えていようとも、きっと耐えられるはずだ。そのとき、君は私のことを……」

「――愛し続けます」

クロエは何を言うべきか迷い、クルティザンヌらしい思わせぶりな言葉ではなく、彼が『愛しい女性に愛を告げられて、不幸せな男はいない』という思いに応えた。

「ミハイル様が、愛の告白に幸せを感じてくださるなら……わたしも、素直に思いを告げます」

運命が巡り合わせてくれた人。

もし、クロエに与えられたものが過酷な運命だとしても、今は心から、彼が初めての恋人でよかったと思える。

叶うなら、彼がこの国を出たあと、与えられたもので慎《つつ》ましく暮らしていきたい。クルティザンヌではなく、ごく普通の女性として――。

（夢だわ。きっと、叶わない夢。マダムが認めてくれるはずがない。いいえ、もし、何もかもマダムに渡してしまえば……。でもそうしたら、今度は食べていけない）

クロエは叶わない夢に涙がこぼれそうになり、ミハイルの背中をギュッと抱きしめ返そうとした。

だがそのとき、ふいに彼の手が離れた。

ミハイルは無言のまま、ベッドから出て行ってしまう。

「あの……ミハイル様？」

その背中がひどく冷たく感じ、クロエは何も言えなくなる。

彼の言葉をまともに受け取り、調子に乗り過ぎてしまったのかもしれない。

ミハイルの返答を待つ一秒が一分、十分のように長く感じて、待ちきれずに彼のあとを追ってベッドから下りようとした。

「クロエ、君はそんなに私が好きか？」

「は、はい！」

意外な問いに、クロエは即答する。

その返事を聞くなり、ミハイルは身を翻《ひるがえ》して彼女に覆いかぶさってきた。まるで突撃するような勢いだった。クロエはバランスを崩し、そのまま、ミハイルに抱きかかえられる格好でベッドに倒れ込む。

「だが私は、多くの人間を殺すための武器を開発し、世間に流し、金を儲けてきた商人だぞ。私の金は汚れている。そうは思わないか？」

「綺麗ごとでパンは買えません。母を見殺しにするくらいなら、わたしは泥の中に沈む覚悟をしました」

ミハイルが息を呑むのがわかる。

クロエは後悔を忘れ、ふたたび素直な思いを口にした。

「そんなわたしを見初《みそ》めて、助けてくださったのはミハイル様だから……。だから、こうして寄り添える限り、あなたを愛し、あなたのために祈ります」

「私のため、か……」

ほんの一瞬、ミハイルの顔が泣きそうに歪んだ。

だがすぐに、それが見間違いだったかのような笑みを浮かべて言う。

「たしかに、綺麗ごとでは成せないこともある。クロエ、君の言うとおりだ」

その夜、ふたりは夜通し行われた夜会の席に戻ることなく、新婚夫婦のような蜜夜を過ごしたのだった。

第三章　前兆

プルレ市の西、エンローヴの森と呼ばれる自然豊かな森林公園がある。

そこは数百年前、王侯貴族たちが狩り場として利用していた森だ。一時期は山賊に支配され、ひどく荒廃していたと聞く。つい最近になってユーグ国王が手を入れ、プルレ市民のための憩いの森、という名目で整備された。

だが実際のところ、庶民が利用できる場所や時間帯は限られており、ほとんどが上流階級に属する人々の社交場としての役割を果たしていた。

クロエは、そのエンローヴの森にあるミズナラの木に囲まれた道を、幌《ほろ》付き一頭立ての軽装馬車《カブリオレ》に乗って走っていた。

彼女の隣で馬を御しているのは――ミハイルだった。

「南エフォールに旅行ですか？」

ふたり乗りの狭い座席、幌は折りたたんでいるので早朝の冷たい風が頬を掠める。

だがクロエにすれば、膝の触れ合う距離というのが嬉しくて、風の冷たさなど気になららなかった。

ヴィクトル邸のお披露目の夜から、すでに一ヵ月が過ぎた。

季節は晩秋から初冬へと移り変わっている。このプルレ市は、一年を通じて決して過ごしやすいと言える土地ではなかった。夏は暑く、冬は凍死者が出るほど寒い。温暖な時期はとても短いのだ。

ここ数日、暖炉に火を入れることも多くなり、だいぶ具合のよくなった母も、朝夜の気温差で体調を崩していると言っていた。

手綱を握るミハイルにその話をすると、彼はいきなり、旅に出ようと言い始めたのだ。

「大型の馬車を調達する。もちろん、君の母上も一緒だ」

「お母様も？　それは、ありがたいことですけれど」

「海沿いの町、ノルートなら美味しい魚料理が食える。保養地として治安のいいエシンまで足を延ばすのもいいな。どちらも暖かく、春が来るまであちらで過ごせばいい」

それはまるで、春までミハイルも一緒にいてくれる、と言っているようだ。

クロエは驚きつつも、

「え、ええ、そういうことなら……お母様にも話して、すぐに準備を」

彼の気が変わらないうちに、と慌ててうなずく。

この一ヵ月、ミハイルがこの国から出て行く気配はなかった。

彼の部下、アイヴァンが週に一度ほどヴィクトル邸を訪ねてきて、書斎に籠もって話をしているくらいだ。

(たぶん、夜会でミハイル様が言ってたこと……わたしにかかわることはやめて、この国から出たほうがいいって話をしているのね)

アイヴァンがクロエを見る目は相変わらずだ。

金のかかる厄介な娼婦――クルティザンヌに、雇用主であるミハイルがのめり込み、これ以上財産を失わないうちに引き離したい、という視線。

だがそれでも、ミハイルは彼女の傍にいてくれた。

永遠でないことは承知していても、彼の気が変われば……と小さな期待を抱いてしまいそうになるほど、ふたりの間に漂う空気は親密さを増してきている。

クロエはそっと彼の腕に手を置き、インバネスコートのケープ部分に頬を寄せた。

「どうした？　甘えたくなったのかい？」

「ダメ？」

「ダメではない。だが、手綱を操っているときは」

ダークグレーの瞳が甘やかに艶めき、近づいてきて……。彼はサッとキスするなり「これくらいしかできない」と言って離れていく。

まさか、馬車の上でそんなことをされるとは思わず、クロエは顔を赤くしてうつむいた。

「ミ、ミハイル、様ったら、もう」

ミハイルは本当に大胆だ。彼にとっては異国にいる気安さからか、誰に見られてもかまわないとばかりに、クロエに触れてくる。

今も笑いながら、ふたたび彼女の顔を覗き込むようにしてきた。

「甘えん坊のクロエも可愛いが、恥ずかしそうに頬を染める君は実に私好みだ。御者がいれば、すぐにもひとつになれたのに……残念だ」

「そ、そんなこと、こっ、こんな場所で」

「若者の真似をして、軽装馬車に乗ってくるのではなかったな」

しだいに、ニコニコがニヤニヤに見えてきてしまい……。彼のいやらしい想像が手に取るようにわかり、クロエは耳まで赤くした。

「ミハイル様は、時々、とってもいやらしい顔をされるんだから」

「時々？　いやらしいことなら、君と一緒のときはいつも考えているよ」

「……っ！」

クロエは絶句してしまう。

だがその直後、ミハイルの視線が正面を向き――刹那、彼の顔つきが変わった。

唐突に手綱から片手を放し、クロエの肩を抱き寄せる。それも、痛みを感じるほど乱暴な仕草だ。

そして、もう片方の手で思いきり手綱を引き――。

馬は嘶《いなな》きを上げて脚を止め、そのまま後ろ脚で立ち上がった。

「きゃっ!?」

車体が大きく揺れ、車輪が悲鳴を上げるように大きく軋む。

クロエは小さな叫び声を上げたあと、固く目を閉じ、息を呑んで彼の腕にしがみついていた。

ミハイルが抱きしめてくれていなかったら、振り落とされていたに違いない。

「ミ、ハイルさ、ま？　いったい、何が……」

二度、三度と車体が前後し、ようやく揺れが収まる。

恐る恐る目を開け、辺りを見回すと、馬車の前に何かが転がっているのが見えた。

（な、何？　あれって……あれって……）

クロエは目を凝らして、地面に転がっているものの正体を見極めようとして……人であることに気づいたとき、背中に冷たいものが流れてきた。

長い髪が見える。細い手足も見えるので、きっと女性に違いない。服装はかなり粗末なもので、そのため年齢はさっぱりわからない。どうしてこんなところにいたのか、なぜ、馬車の前に飛び出してきたのか……。

なんといっても、ここはエンローヴの森の中にある馬車専用道だ。

文字どおり、馬車を走らせるために作られた道なので、ここを無造作に横切ろうとする人間はいない。

何かの事情で横切ろうとしたとしても、充分に左右を見てから渡ろうとするだろう。

「女の人と、馬が……衝突してしまったの？」

女性とぶつかったような衝撃はなかったと思う。

その直前で、馬が立ち上がったような気がしたが……たしかなことは言えなかった。

どちらにせよ、車道の真ん中に倒れた女性のことが気がかりだ。

不安で息をするのも苦しい。何かしたいが、何をどうすればいいのかわからず、しだいに吐き気が込み上げてきて、クロエは必死で堪えた。

そのとき、ミハイルがステッキを手に馬車から降りる。

クロエも急いで彼のあとを追うが、

「私が様子を見てくる。君はここにいなさい」

そう言われ、無理を言うわけにもいかず、クロエは馬車から降りるなり、無言でうなずいた。

（わたしのせい、だわ……わたしが、ミハイル様に抱きついて、甘えたりしたから……そのせいで、もし、あの女の人が亡くなったりしたら……）

足元から凍りついていくようだ。

ミハイルが女性の脇に屈み込むのを見て、クロエはドレスのスカート部分を、力を籠めて握りしめた。

このとき、クロエが前方のみに気持ちを囚われていても、仕方のない状況だろう。

背後に人の気配を感じたときには、首に腕が回されていた。

「い……や……っ」

吐息と変わらない、掠れた声が口から漏れる。

ミハイルの名前を呼びたいのに、ほとんど声が出なかった。

(だ、れ？　どうして、わたしのことを……何を、するつもりなの？)

助けを呼ばなくては、と思えば思うほど、ただ口をパクパクと開くだけになる。

「おまえのせいだ。おまえのせいで、俺はこんな目に遭ってるんだぞ。それなのに、おまえは贅沢三昧《ぜいたくざんまい》とは――」

聞こえてきたのは、クロエに対する恨みごとだった。

それも、その声には聞き覚えがある。

「そ、の……お声は、男爵様？　ル・ヴォー男爵様ですか？」

ル・ヴォー男爵と顔を合わせたのは、ミハイルと出会った夜会が最後だった。

あれ以来、彼がサビーヌのサロンに顔を出したことはなく、他のどの屋敷の夜会でも見かけなかった。

それとなくサビーヌに尋ねたことはあったが、『さあ？　出席を取っているわけではないもの。ただ、お金が尽きたのかもしれないわね。男の人がいなくなるのは、ほとんどがそういうことよ』

と言われ、父のことを思い出し、胸が苦しくなった。

だが、ル・ヴォー男爵から、それほどのお金を貢いでもらった覚えはない。王宮で襲われたとき『マダムには、おまえの初めての恋人にしてやると言われ、さんざん貢がされたんだ』と言っていたが、さすがに破産するほどではないだろう。

クロエ以外に、お目当てのクルティザンヌがいたのかもしれない。

あるいは、投資や事業に失敗した可能性も……。

（でも、それなら、『おまえのせい』なんて言って、襲ったりするかしら？）

そのとき、脇腹に何かが当たる。男爵は刃物を手にしており、その刃先をクロエに向けてウエスト辺りをなぞったのだ。

「絹のデイドレスとは、まるで王族気取りだな」

淡いピンク色の平絹《ひらぎぬ》に横線が入ったと思ったとたん、ドレスがツーッと裂かれていく。

コルセットを着けているため、多少のことなら肌までは届かないはずだが、男の力で突き立てられたら、鯨骨《げいこつ》程度では防ぎきれない。

「どう……して？」

首を左右に振り、どうにか口にする。

同時に、ル・ヴォー男爵の様子を見ようと懸命に振り返り――クロエは息を止めた。

彼は、石膏像のように彫りの深い顔立ちで、多くの女性が彼を美男と評していたように思う。爵位を得る前から身なりだけは上級貴族並みだとささやかれ、とにかく人目を気にする伊達《だて》男だった。

その彼が、平民のような、というより、平民以下の見すぼらしい格好をしている。

無精ひげに覆われた顔はまるで、ロメーヌ川の中州を住処にしている貧民窟《くつ》の住人のようだった。

「男爵様、ですか？」

驚きのあまり、つい口からこぼれていた。

だが、それを聞くなり……男爵の顔色が目に見えて変わった。

「誰のせいだと思っている!?　おまえに関わったせいで、俺はすべてを失った。いや、奪われたんだ！」

「奪われたなんて……いったい、誰に」

「あの男に決まっているだろう!?　あの男の口車に乗ったばかりに、俺は――」

男爵の声がしだいに大きくなったそのときだ。

「あの男とは、私のことかな？」

ミハイルの声が聞こえ、クロエはハッとして前を向いた。

彼はもう、馬車の近くまで戻ってきていて、男爵がその気になれば、飛びかかれる距離だった。

「ミハイル様！　危険です。男爵様は刃物を……きゃっ！」

「黙れ!!」

コルセット越しに、硬い刃先を押しつけられるのを感じ、クロエは息を止める。

「やめなさい。クロエを傷つけたところで、君の得にはならない」

「今さら……どうせ俺には何も残ってないんだ！　新大陸で事業を起こせば、この国の借金など軽く返せる。爵位を示せば、王族のような暮らしも夢じゃない、だと？　嘘ばかり言いやがって!!」

ル・ヴォー男爵の言葉に、クロエは呆然とする。

（ミハイル様が、本当にそんなことを言ったの？　あの、王宮での夜会のあとに？　それは、わたしのため？）

彼女の前から男爵を追い払うために、嘘とわかっていてそう言ったのだろうか？

クロエは混乱したままミハイルの顔を見るが……。

彼はたいして動揺した様子もなく、冷ややかな笑みすら浮かべていた。

「人聞きの悪いことを――。私は、爵位を得るために土地を手放した結果、収入が激減したという君に、新大陸で成功する可能性を示してやっただけだ。それを活かせず、失敗したからといって、私のせいにされても困る」

「よくも、そんな……この、大嘘つきめ！　そもそも、クロエを襲ったのも」

「私が嘘つきだと言うなら仕方ない」

ミハイルはごく自然な動作で、クロエたちの後方に視線を向けた。

「――やってくれ」

その指示に驚き、ミハイルの視線の先に目を向けたのはクロエだけではない。

ル・ヴォー男爵も顔を引き攣らせて振り返った。

だがそこには、エンローヴの森に配備された警備兵はおろか、ミハイルの部下のひとりもおらず……。

男爵が舌打ちして、

「無駄なあがきをしやがって！　そのステッキは実用だろうが!?　貴様の右脚がまともに動かないことくらい、ちゃんとわかってるんだ！」

悪態をつきながら、ミハイルに向き直ろうとしたとき――。

男爵が刃物を構え直すより早く、クロエの視界に黒いステッキが映った。

ミハイルはステッキを剣のように扱い、男爵の眉間を突いた。

男爵はもんどりうって後方に倒れ込み、呻《うめ》き声を上げる。これがもし本物の剣であった

なら、間違いなく即死だっただろう。

クロエはホッとして胸を撫で下ろすが――。

男爵は呻きながらも、刃物を摑んだまま起き上がろうとした。

「ミハイル様！」

クロエが叫ぶより早く、ミハイルは男爵に歩み寄る。そして勢いよく、刃物を摑んだほうの手を革靴で踏みつけた。

「ギャーッ!!」

「敗北者の分際でクロエに触れるな！　愚か者めが」

その瞬間、灰褐色の瞳から発する冷気を感じ……クロエは身震いした。

目の前にいる男性は、いったい何者だろう？　自分に愛をささやき、優しく抱きしめてくれたミハイルとはまるで別人だ。

彼の胸に飛び込もうとして、凍りついたように足が動かなくなる。

そのとき、ミハイルの視線がこちらに向けられ――。

「クロエ、もう大丈夫だよ」

蕩けるような顔でふわっと笑った。

(ああ、いつものミハイル様だわ)

その笑顔につられ、クロエは一歩前へ踏み出す。それが、二歩、三歩となり……気づいたときには彼に向かって駆け出していた。

途中、足先がもつれて転びそうになり、彼の腕に抱き留められた。

「ミハイル様……ミハイル様……ご無事で、よかった」

今にも溺れそうなほどの必死さで、クロエはインバネスコートにしがみつく。

この手の中にある温もりに嘘偽りはなく、ふたりの間にある愛情も本物に違いない。

それなのに、安堵の中に見え隠れする小さな不安はなんなのか。クロエは込み上げてくる涙を堪えることができなかった。

馬車の前に飛び出してきたのは、エンローヴの森で仕事をしている娼婦だった。

『今からやって来る馬車に近づき、止まらせることができたなら、一夜分の稼ぎをやろう』

彼女は客の男から、そう言われたという。

馬車専用道の脇をふらふらと歩くだけでいい。倒れそうになるフリをするだけで、馬車は止まるだろう。女を乗せているので、よけいに善人ぶるはずだ、と。

ところが、客の男は蹄《ひづめ》の音が近づくなり、娼婦を馬車の前に突き飛ばした。

直前でミハイルが手綱を引いたため、彼女は馬に踏み潰されることなく、かすり傷程度で助かった。おかげで、その悪辣《あくらつ》な客がル・ヴォー男爵であることが、娼婦の口からあきらかになったのである。

男爵はそれまで、先祖が残した広大な土地からの収入に頼りきり、贅沢三昧な暮らしをしてきた。一族の長にふさわしくない、といった評判もあったようだ。そんなよろしくない評判を覆すため、一族の悲願だった爵位を手に入れようとした。

念願は叶ったが……爵位を手に入れるため土地を手放したことが、破綻のきっかけとなってしまったのだから、皮肉なものだ。

彼も危機を感じたのか、新たな収入源を得ようとして事業を始めた。

しかし、一向に成果は得られず……それならばと、他人の成功に乗ろうとして投資家に転向するが、それも失敗。

強引にクロエを自分のものにしようとしたのは、そんな最悪の時期だったらしい。

『エフォール国内での成功は難しくても、新大陸ならチャンスはある。君の前から穏便に追い払いたいという思惑もあって、事業資金を無利子で融資したうえ、最速船の一等客室料金までつけて送り出してやったのだが……』

融資は無利子で返済にも猶予《ゆうよ》を与えたとミハイルは言っていたが、ル・ヴォー男爵が国内に残した資産のすべてを担保に取っていた。

男爵がミハイルに騙された、大嘘つきだ、と言っていた理由はそこにある。

新大陸で不当な扱いをされ、どうにか帰国した彼に残されていたのは——男爵位のみだった。

命からがら先祖代々の屋敷に戻ったものの、門は閉ざされ、中に入ることもできない。親の残してくれた宝飾品を売り払って当座を凌ごうとしたが、それも担保に入っていると言われ……。

行き場を失くした男爵は、その日のうちに貧民窟の住人となり果てた。

『いや、だが、まさか……たった二ヵ月、実質一ヵ月もないくらいで、音《ね》を上げて逃げ帰ってくるとはな』

ミハイルは商売人だ。

それも、情勢を見極めながら諸国を渡り歩き、その国の権力者と取引しているのだから、まさしく生き馬の目を抜く世界で成功を収めた数少ない人間と言える。

彼がどんな子供時代を送り、どれほどの辛酸《しんさん》を舐めて今の財力を築き上げたかはわからない。

だが、富裕層の家庭でぬくぬくと育ったル・ヴォー男爵に、とてもではないが新大陸で成功する才があるとは思えなかった。

(男爵様は新興貴族の中で、ある意味とっても貴族的な方よ。それくらい、わたしでもわかることなのに)

ミハイルの冷酷なまなざしが脳裏をよぎる。ひょっとしたら、失敗を見越して新大陸に追いやったという可能性も――。

昼間のことをいろいろと思い出し、クロエは眩暈《めまい》を感じて、慌てて目を閉じた。

頭を軽く振り、よけいな考えを追い払おうとしたとき、

「クロエ様、旦那様のお使いの方がお見えになりました」

女中頭のコリンヌに声をかけられ、否応なしに、現実に引き戻されたのだった。

クロエは一日に一度、母親の暮らす郊外の屋敷に顔を出している。それ以外は、ほとんどの時間をこのヴィクトル邸で過ごしていた。

住み込みの使用人は、女中頭のコリンヌも入れて女性が五人、男性は老齢の家令がひとり。他には通いの庭師と厩舎《きゅうしゃ》番がいる。

珍しいのは門番を兼ねた警備兵が常に複数人いることだろうか。彼らは全員、王宮から手配された兵士たちだった。

おそらくそのことが、ル・ヴォー男爵があんな手の込んだ手段でクロエに近づこうとした理由だろう。

男爵に、あるいは他の誰かに、襲われる可能性を見越しての警備兵だとすれば、ミハイルが男爵を新大陸に追いやったことには、クロエの知らない事情があったのかもしれない。

それはともかく、この家を訪れる客は極めて少なかった。

もちろん、警備兵がいるから、という理由ではない。重要視されるのはミハイルの置か

れた立場だ。

彼は国王が招いた国賓である。

しかしその身分は、あくまで商人――平民だ。

この国のどの階級にも馴染まず、当然、屋敷を構えたからといって親しく付き合おうとする人間はいない。

その微妙な立場を助長させているのは、屋敷の女主人、クロエの存在だろう。

女主人として振る舞うことを許されているものの、クロエはミハイルの正式な妻ではない。単なる恋人、それも、裏社交界でもてはやされるクルティザンヌだ。

つい先日、ミハイルから言われたことがある。

『君はマダム・ジャールのようなサロンは開かないのか？　私に気を使っているなら、そんな必要はない。君の好きにしたらいい』

彼なりに、クロエの将来を案じてくれているのだろう。

わかってはいても、彼の優しさに本物の愛情を感じてしまうのだ。そのたびに、あり得ないと思いつつ、期待に胸を膨らませてしまう。

だが、現実は――自分はミハイルにとって、クルティザンヌ以上の存在ではないのだ、と思い知らされる。

『あなたがこの国にいる限り、わたしはサロンを開きません。だって、恋人はひとりきりですもの。あなたこそ、変な気を使って、わたしを不愉快にさせないで』

クロエにできるのは、少し拗《す》ねた口調で答えるくらいだ。

昼間は本物の恋人として淑女のように振る舞い、夜になるとふしだらで奔放な愛人に変身する。

それがクロエに与えられた役目。

だがミハイルは、クロエの返答に眉根を寄せてうつむいていた。ひとしきり困ったような顔をしたあと、いつもどおりの笑顔を見せてくれたが……。

(じゃあ、サロンを主催しますって、言ったほうがよかったの？　でもこのお屋敷に、わたしを欲しいと言ってくれる別の男性を招くなんて)

クロエは大きく息を吸って、客間に足を踏み入れた。

同時に、ソファから立ち上がった男性がひとり。ヴィクトル邸お披露目の夜、初めて顔を合わせたミハイルの部下、アイヴァン・ルカだった。

彼の赤毛は暖炉の炎を思わせる色だ。

涼しげな青い瞳にはおよそ似合わないが、クロエに向ける苛烈《かれつ》なまなざしを思えば、目の色も赤のほうがふさわしいのに、とすら思えてしまう。

アイヴァンはこれまでも数回、ミハイルの使いとしてこの屋敷を訪れていた。

彼の顔を見ていると、ミハイルのいないときは来たくない、という思いが嫌でも伝わってくる。

「ご苦労様です。それで……アイヴァン殿、エンローヴの森の一件、何ごともなく済みそうかしら？」

挨拶もそこそこに、クロエは聞きたいことを先に尋ねる。

のんびりしていたら、彼はミハイルに命じられた用件だけを口にして、さっさといなくなってしまうからだ。

そんな思惑が伝わったのか、アイヴァンは渋々といった顔で、クロエの質問に答える。

「はい。ミハイル様が責めを負うようなことではありませんから」

「そう、よかった」

軽く息を吐いたあと、続けて尋ねた。

「でも、あなたを寄越されたということは、今夜はこちらにお帰りにならないのね？」

アイヴァンのせいでないことはわかっている。

わかっていても、最初の印象が悪かったせいか、彼の顔を見るとつい苛々した口調になってしまう。

そんなときでもアイヴァンは睨むだけで、彼女に言い返してくることはなかった。

それは、エフォール語があまり得意ではないせいか、それとも、ミハイルにきつく言い含められているせいなのか。

「ああ、いいわ、答えなくても。用件がそれだけなら……どうもありがとう。気をつけてお帰りになってね」

口早に言って身を翻《ひるがえ》したとき、思いがけない返事が耳に届いた。

「はい、ミハイル様はお越しになられません。愛するご家族の用事に勝るものはありませんから。あなたも、充分にわきまえておいでと思いますが」

流暢なエフォール語で返され、クロエはびっくりした。

だが、それ以上に驚いたのは返事の内容だ。

「愛する？　ミハイル様には、ご家族がいらっしゃるの？」

ミハイルから聞かされたのは、十七年前に大怪我をした、ということくらいだ。怪我を負った理由も、右脚が時々動きづらくなる以外に、後遺症があるのかどうかも、何も話してはくれない。

もちろん、生まれ育った国や家族のこと、ミハイル・ヴィクトルという名前が本名かどうかも、クロエにはわからないことだらけだった。

「それが何か？」

アイヴァンは当然のことのように言う。

「そう、なの。彼には……奥様が、いるのね」

驚き過ぎて、それ以上は何も言えなかった。

ミハイルは三十代半ば、右脚は悪いが普段は目立つほどではなく、容姿は極めて端麗で素晴らしい体軀をしている。当然、ベッドの上でも魅力的な男性だ。

その上、こんな大邸宅すらポンと購入してしまえるほどの資産家でもあった。

それほどの男性が独身でいるはずがない。

(そうよ。行く先々にわたしのような女性がいても、全然不思議じゃない)

クロエは呆然として立ち尽くす。

そんな彼女に追い打ちをかけるように、

「何を今さら？　奥様がいても、あなたには関係のないことです。そもそも、この国の高級娼婦にとって、気にすべき点は財力のみではありませんか？」

アイヴァンは辛辣な言葉を浴びせてくる。

とても雇い主の恋人に対してのものとは思えない。

(ああ……違ったわ。わたしは高級娼婦にすぎなくて……だから)

クロエはクッと唇を嚙みしめる。

「ええ、そうね。私には関係ないことよ。ただ、一日でも長く、この国にいてもらえるように……。それだけだわ」

「そうですね。一日でも長くミハイル様の傍に張りつき、一枚でも多くの金貨を国庫に取り戻すのが、あなたのお役目」

「アイヴァン殿!?　あなたはいったい、どういうおつもりで」

あまりの侮辱にさすがに言い返そうとしたが、

「失礼しました、ミハイル様から伝言があります――」

その言葉にクロエは気勢を殺《そ》がれた。

「南エフォール行きの件、明後日の早朝六時、クロエ様のお母上が住まわれる屋敷に大型馬車を向かわせる。それまでに準備を済ませておくように――とのこと」

「明後日？　それは、あまりに急なお話だわ」

「ならば、南エフォール行きはお断りになりますか？　自分はそれでもかまいませんが、いっそありがたいですね」

アイヴァンはよほど、クロエとミハイルの仲を引き裂きたいらしい。

踵《きびす》を返して引き揚げようとするアイヴァンの背中に、クロエは言葉をぶつけた。

「いいえ！　明後日の朝六時ですね。承知しました。ミハイル様が迎えに来てくださるのをお待ちしております、そうお伝えください！」

ミハイルが口にする『愛してる』は、この国にいる間だけのこと。

妻子がいても、他の国に待たせている愛人がいても、それを問い詰める資格はクロエにはない。

すべてを承知で始めた恋だ。

偽りだろうが、幻だろうが、誰になんと言われても、このアイヴァンにどれほど蔑まれたとしても、簡単に引き下がるわけにはいかない。

ミハイルが望む以上、クロエにできることはクルティザンヌとして、彼を愛し続けることだけなのだから。

(わたしの『愛してる』は本物だけど、その思いは通じなくていい。ミハイル様にとって〝エフォールの愛人〟がわたしなら、それでいいわ)

そのとき、アイヴァンが立ち止まった。

彼は振り返り、射るようなまなざしでクロエの琥珀色の瞳を睨む。

クロエはキュッと唇を閉じ、奥歯を噛みしめた。アイヴァンの視線を真っ向から受け止め、毅然として顔を上げ続ける。

すると彼は呆れ果てたように首を振り、いきなり悪態をつき始めた。

『愚かな女だ。あなたは、自分の立場をまるで知らない。ミハイル様もミハイル様だ。どうしてもっと、ちゃんとした娼婦を相手になさらなかったのか』

それはホーリーランド語だった。

馬鹿にされていることはわかる。しかし、それ以外の内容が今ひとつ理解できず、クロエは言い返す言葉が思いつかない。

(わたしが、高級娼婦らしくないって言ってるの？　でも、立場は充分にわきまえている

つもりよ）

南エフォールへの旅行は、ミハイルのほうから言い出したことだ。

誘われて、断る理由などないだろう。

クロエの知る限り、旅行に誘われてもっと遠く……外国へ連れて行ってもらったというクルティィザンヌもいる。

そのことを言うべきかどうか迷っていると、

「運命なんてもので人生を決めるなんて、愚の骨頂だ」

わかりやすく聞こえたのは、それがエフォール語だったからだ。

彼が口にした『運命』という単語はよく覚えている。王宮の国賓の間で初めての夜を過ごしたとき、クロエがミハイルに言った言葉だ。

『運命はわたしに、王太子殿下ではなく、ミハイル様と出会わせてくれました』

それは、彼女がもう一度会いたいと願った男性と、王太子の不興を買ってでもクロエを望んでくれた男性が同一人物だと知ったとき、『愛してる』の代わりに口にした『運命』だった。

アイヴァンが『運命』という言葉を使ったのは、そのことを知っているからか。

それは、ミハイルが彼に話したことを意味する。

「何がおっしゃりたいのか……」

「運命は人が作るんですよ。望むとおりに、組み立て、利用し、破壊する。あなたがちゃんとした娼婦なら、その意味がわかるはずだ」

心の弱い部分を、針で突かれたような痛みを感じる。

なぜなら、クロエも『運命』という言葉を利用した。男性に求める一番が『愛』では重い。『お金』や『容姿』以外に、聞こえの良い言葉が『運命』だった。

黙り込んだクロエのことをどう思ったのだろう？

アイヴァンはそれ以上、彼女を責めようとはせず、気づいたときには、客間からいなくなっていた。

☆　☆　☆

ヴィクトル商会社長、ミハイル・ヴィクトル——そんな肩書を名乗り続けて、もう五年になる。

生まれ育った国を出て十七年が過ぎた。本名を名乗らなくなって同じだけ経つ。一ヵ所に半年と暮らしたことはなく、恋人も友人もいない。

そんな生活で学んだことは、偽名は全くのでたらめより、ほんの少し読み方を変える程度のほうが、怪しまれないということ。

ヴィクトル商会が武器の製造や売買に関わっていることは事実だ。ただ、その莫大な利益が別のことに使われ、それに伴う情報に大きな価値があることを公表していないだけだった。

ミハイルは今、プルレ市内にいた。

ヴィクトル商会の名前で借りた事務所の一室だ。クロエのいる屋敷から二ブロックも離れておらず、会いに戻ることは簡単だった。

(いや、もう、これ以上は……冗談抜きで潮時だ)

窓際に置かれたロッキングチェアに腰を下ろし、ミハイルは夕陽に染まりつつある外の景色に目を向けた。

この景色も見納めだ。

それはミハイル自身が、二度とこの国を訪れる気がないから、というだけでなく——。

目を閉じようとしたとき、扉を叩く音が聞こえてきた。その叩き方から、すぐにアイヴァンだとわかる。

「入れ」

「はっ、失礼いたします」

ミハイルより八歳も若い赤毛の青年は、綿のシャツの上にフロックと呼ばれる上着を羽織っている。

彼とはもう十年近い付き合いで、いくつもの修羅場をくぐり抜けてきた同志だ。

直感で動くミハイルと違って、アイヴァンは細かい段取りまで決めてから行動に移そうとする。そのため、いつもミハイルの尻ぬぐいをする羽目になるのだが、文句も言わず、その役目を果たしてくれていた。

これまでは——。

「クロエはなんと？」

「明後日の朝六時、ミハイル様のお迎えをお待ちしております、とのこと」

「それだけか？」

「はい」

アイヴァンらしい、極めて簡潔な返事だった。

だが、エンローヴの森でル・ヴォー男爵とのやり取りを聞いていたなら、さすがのクロエもミハイルの行動に疑問を持ったはずだ。

男爵の様子をクロエに尋ねながら、その裏で、ミハイル自身が追い払っていたことがばれてしまったのだから。彼女はミハイルを嘘つきと思ったに違いない。

ル・ヴォー男爵のような軟弱な男が、新大陸で成功するなどあり得ない。

それがわかっていて、大金を出してまで国外に追い払ったのはなぜか。

(君を独り占めしたかった――なんて、今度も歯の浮くようなセリフを言えばよかったんだろうか?)

そんなふうに言えば、彼女ならミハイルの言葉を信じたはずだ。

だが、そもそも、クロエとの出会いすら、ミハイルが仕組んでいたと知ったら、それでも彼女のミハイルに向けるまなざしは変わらないだろうか。

ギーギーギー。無駄に規則正しい、それでいて、耳障りな音が部屋に広がる。ミハイルがロッキングチェアを揺らす音だった。

部屋は広いわりに家具が少なく、まともな机ひとつ見当たらない。

とりあえず布張りのソファはあるが……座面には埃《ほこり》が積もっており、ここに客を迎えたことがないとわかるだろう。

何も言わないアイヴァンの視線が痛く、ミハイルのほうから口を開いた。

「アイヴァン、言いたいことがあるんだろう?」

「クロエ嬢ですが……もう、お会いにならないのですか?」

意外な問いに、ミハイルは苦笑いを浮かべる。

「これ以上の茶番はいらない。一日も早くクロエを捨てろ。そう言っていたのはおまえじゃないか」

「はい、申し上げました。女性を利用する下種《げす》なやり方は、もう卒業なさったと思っていましたので」

アイヴァンの歯に衣着せぬ嫌みな口調は、相変わらずだ。

「勝手に卒業させるな。女を使って楽にことが運ぶなら、遠慮する必要はあるまい。クロエはちょうどよかった」

「たしかに、めったにないことでしたね。男を知る前の高級娼婦を手に入れる、というのは。それも、王太子のお気に入りを横取りしたのですから」

「……アイヴァン」

ミハイルがユーグ国王に招かれ、エフォール王国に入ったのは夏の終わりのこと。

年若いギョーム王太子は警戒心が弱く、得体のしれない武器商人ミハイルに向かって、嬉々として語った。

『我が国の社交界……いや、裏社交界には、他国にはない美しい花が咲いております。美しい花をさらに美しくするのが、男の腕の見せどころというもの』

家督を継ぐ女性相続人は認めず、女王すら輩出したことのない国、エフォール。

この国はカトリック教会が幅を利かせていると聞き、ミハイルは迂闊な行動を取らないよう注意していた。

だが、厳格な教義を遵守するよう求められるのは女性のみ。

男性は聖職にある者ですら娼婦を買い、枢機卿までもが公の席に美しい花――クルティザンヌを同行した。

『私は、花は自然のままに愛でる主義です』

『エフォールの花は社交界に咲くのが自然な姿。僕も結婚したことで、ようやく母上から自由になれた。これからは、自分にふさわしい花を手に入れることができます』

ミハイルはさりげなく夜の接待を断ったつもりだったが、王太子には通じなかった。

王太子は結婚したばかりと聞く。当たり前だが政略結婚だ。王太子妃となったフランソワーズはエフォール王国の公爵家令嬢だが、彼女の母親は海峡を挟んだ島国、ホーリーランド王国の王女だった。

二国が平和協定を結ぶ際、エフォールの王太子妃にはホーリーランドの王族、あるいはそれに近しい女性から選ぶ、という条項があったという。

両国にとってフランソワーズは、ちょうどいい落としどころとなった。

しかし、王太子にとってこの結婚は、屈辱に等しかったらしい。

『我が国の王妃となる女が、王族でないのだぞ。馬鹿にされているとしか思えない！　しかも、年増の女を妻にしなくてはならないとは』

実際のところ、エフォール王家の弱体化はあきらかだ。大臣をはじめとした有力者の意見に従わなくては、王制を維持できないところまできている。

ホーリーランド王国の女王が、エフォール王家に自国の王女を嫁がせたくない、と判断しても無理はない。

そんな中、軍部はかろうじて王家を支持していた。

だからこそ、王家にとって最新の武器を手に入れることは必須だった。

とくに重要視されているのが、近隣諸国の中で最も研究が遅れている速射砲である。

そして、それに付随する、砲弾を発射する際の反動を軽減する駐退機の開発。これらを完成させて実戦に投入できれば、艦載砲の命中精度は高くなり、要塞に設置する大砲の発射速度も上がる、という代物だ。

危機的状況の中、その両方を手に現れたミハイルは、まさに救世主のような扱いをされても不思議ではない。

だが、その扱いに安心はできない。

それはエフォール王国に限ったことではなく、どの国でも同じだ。

購入国にすれば、いつミハイルの気が変わり、彼らの欲しがる武器を、敵対国に売りつけないとも限らない。それを阻止するためには、供給元を絶ってしまえばいい。早く言えば、ミハイルを始末すればいいのだ。

売買終了後は命を狙われることが当たり前の世界だった。

それならば、今回はエフォールの男たちの例に倣《なら》って、ミハイルが美しい花――クルティザンヌに夢中になる姿を見せてはどうだろう？

湯水のごとく金を注ぎ込み、商売もそこそこに愛する女性のもとに通う姿を見せつける。それは国王や王太子の油断を誘う、充分なきっかけとなるだろう。

ほくそ笑む彼らの姿を想像するだけで、ミハイルは愉快になった。

「ああ、そういえば、クロエが言っていた。王太子は上品で柔和な顔をしている、優しいお人柄に違いない、と」

ギョーム王太子にクロエを売り込んだのは、彼の父親であるユーグ国王の愛人、サビーヌ・ジャールだった。

凡庸《ぼんよう》な才しかなく、のほほんと過ごしているように見える王太子の目にも、サビーヌの行動は胡散臭《うさんくさ》く映っていたらしい。

だが、本物のクロエを垣間見た直後、気が変わったと話していた。

『さすが、我が国で最も美しく、そして堕落の象徴でもあるサビーヌの後継者――と呼ぶにふさわしい容姿をしていました。手に入れたら、思いつく限りの淫らな行為をして、存分に辱めてやるつもりです』

エフォール王国は、そんな醜い欲望まで、愛という言葉でごまかすことのできるお国柄だった。

このとき、クロエとやらがどんな女性かはわからなかった。

いや、どんな女性であれ、このいけ好かない王太子の鼻を明かしてやりたい、そんなふうに思えてきて……。

ミハイルは侍女経由で王太子妃に、〝夫に近づくクルティザンヌ〟の情報を流した。王太子との対面を邪魔した上で、ル・ヴォー男爵に襲わせて自分との出会いのきっかけを作ったのである。

そして、国王を通してクロエを名指しした。

「人を見る目のない女だったな」

「その点は、ミハイル様に同意します。あなた様を信用している時点で、人を見る目は皆無でしょう」

「……アイヴァン」

今日はやけにしつこい。

ミハイルはロッキングチェアから立ち上がると、ソファの背にかけていたインバネスコートを摑み、手早く羽織った。

「とにかく、クロエの役目は終わった。私もそろそろ逃げ出すとしよう」

「明後日はギリギリです。もっと早く手放すべきだった。それができなかった理由は、あなた自身もわかっておられるはずだ」

「ああ……」

ミハイルは記憶に張りついた柔らかな肌の感触を振り払いながら答える。

「仕方ないだろう？　なんといってもこの二ヵ月、私が一から教えて仕込んだ躰だ。だがたしかに、一回でも多く抱いておこうと、つい欲張ってしまったな」

「おやめください、ミハイル様！」

「遅くなった詫びに、南エフォールまで母親とともに逃がしてやるんだ。捕まって、今度は私を釣るために利用されるのは気の毒だからな」

クロエには、たいしたことは話していない。

昔話になりかけたときは、『愛してる』と言えばよかった。エフォールお得意の、聞こえの良い愛のささやきだ。

「クロエ嬢は、あなたの迎えを待つでしょう」

「おまえのことだ。彼女が私を嫌うような何かを、ちゃんと話したのだろう？」

一から十まで命令せずとも、このアイヴァンは機転の利く男だ。

すると彼は、ミハイルが思ったとおりの答えを返してきた。

「はい。高級娼婦より優先するご家族がいる、といったことを伝えました。想定どおり、あなたに妻がいると思い込んだようです」

ミハイルに妻がいる。子供もいるかもしれない。

そちらを優先したと聞けば、自分に夢中だった男が妻子への愛情を思い出し、恋人ごっこから目を覚ました、とでも思うだろう。

純真無垢に思えるクロエも、所詮はクルティザンヌのはしくれだ。ミハイルが彼女に興味を失ったと思えば、もらえるものはもらおうとする。南エフォールの保養地にある別荘も彼女のものだと聞けば、ミハイルが迎えに行かなくても、喜んで向かうはずだ。

「さすがアイヴァン、おまえに任せておけば安心だ」

「さあ、どうでしょうか。――ミハイル様、十七年前にあなたを傷つけた女は死んだと聞きました。これ以上、他の女に償わせるべきではない！」

アイヴァンの言葉を聞いた瞬間、右膝に鋭い痛みが走った。

右脚の怪我は、もう少しで膝から下を失うところだった。だがそれ以上に、彼はあの日、大切なものを失った。

ミハイルがひとりの女性に恋をして、心を許したばかりに、彼の母親は命を落とした。

さらには、周囲にいた数人の命を巻き込んで――。

彼に恋の甘さを教えた女性は、同時に死ぬほどの痛みを教え、心の奥深くに氷の棘を残して死んでしまった。

その棘は決して抜けず、溶けることもない。十七年経っても彼の心を凍らせたままだ。

クロエにはなんの罪もない。

否、本当に罪はないのだろうか？

クルティザンヌは、エフォール王国自慢の花だ。美しい花には棘がある。美しければ美しいほど、その棘は毒を孕んでいるに違いない。

ミハイルは痛みに耐え、フッと笑った。

「なるほどな……アイヴァン、クロエに惚れたか？」

「なっ、何を、馬鹿な」

「そういうことなら、早く言えばよかったんだ。一度くらい、おまえにも抱かせてやったものを」

アイヴァンの気配が、一瞬で殺気立ったものに変わる。

だが、ミハイルに殴りかかることなく、彼はすぐに平静を取り戻した。

「――大型馬車と御者を手配しました。南エフォール地方のいくつかの町に、隠れ家を用意してあります。場合によっては、船でエフォール王国を脱出する準備も整っています。他にご用命は？」

ミハイルは、たいしたものだ、と口の中で呟き、アイヴァンに背を向ける。

「いや、それで充分だ」

まずは、国王らの目を自分に引きつけたまま、プルレ市を無事脱出することが重要だ。

そのころには、クロエのほうがプルレ市から遠く離れており、ミハイルに利用されたことにも気づくはず――。

(いやいや、利口な彼女のことだから、とっくに気づいてるさ。女というのは、そういうものだ)

扉から外に出て、静かに階段を下りていく。

右膝の痛みがなかなか治まらない。走る必要があるかもしれないのに、と思うと、いっそう苛立たしくなる。

「クソッ！　役立たずめ！」

鉄製の手すりを殴りながら、吐き捨てるように言う。

そのときだ。優しく穏やかな、この二ヵ月、毎日のように耳にした声が、ミハイルの頭の中で響いた。

『ボボ・ヴァ・ディスパレートル《痛いの痛いの飛んでけー》』

右膝より、胸の奥が痛んだ。

それはまるで、氷の棘に心臓を抉られたような痛み――いつまでもこの身に受け続けるべき、当然の痛みだった。

(何がエフォールの花だ！　あんな女に、この痛みが消せるものか)

「クッ！」

ミハイルは拳を握りしめ、今度は壁を殴りつけた。

第四章　いくつもの嘘

「ドクター・ランドン、母の容体はどうでしょうか？」

南エフォールに旅立つ前夜、母の体調が急変した。

高熱を出し、慌てて呼んだランドン医師は、寒さで風邪がひどくなったのだろう、という診断だった。

「実は、明日の朝、旅行に出発する予定だったのですが」

「あーそりゃ、無理じゃな。そもそも、この時期に旅行とは……」

高齢で白髪のランドン医師は、白い顎髭《あごひげ》を撫でながらしばらく考え込むと、周囲を気にするように小さな声で話し始めた。

「のう、お嬢さん。それは、ただの旅行ではなかろう？」

質問の意味がわからず、クロエは返事に戸惑う。

「歳を食っとる分、わしにもいろいろ伝手があってな。大洋のほうではもう、ホーリーランドと我が国のドンパチが始まっとるという話じゃ」

「まさか……」

領海の線引きは難しく、大洋での小競り合いはそう珍しいことではない。海賊退治の名目で大砲を撃ち合い、艦船が沈むこともあると聞く。

だが、ホーリーランドとは数年前に平和協定を結んだはずだ。

「で、でも、プルレ市内では全然……そんな気配もありませんし……誤報では？」

「うーん。じゃが――お嬢さんの旅行先は、南のほうかな？」

ランドン医師の言葉にドキッとする。

クロエはジッと目を見たまま、ゆっくりとうなずいた。

「やはりのう。どうやら、北のホーリーランドと東のヴァルテンブルクが手を結んだという噂は、本当かもしれんなぁ。お嬢さんのいい人なら、わしなんぞより、よっぽど情報に通じておるじゃろう」

お嬢さんのいい人――とは、もちろんミハイルのことだ。

このランドン医師は、そもそもミハイルが手配してくれた医師だった。

貴族階級の出身だが、あまり裕福ではなかったという。三男だった彼は早々に医師を志した。若いころは出世を目論み、無理をしてでも大貴族にすり寄っていたと話す。結局、たいした出世は叶わず、今は新興貴族や大商人の主治医を務めている。

その理由は明快で、

『決まっとる。金になるからじゃ』

そう言うと、ランドン医師は豪快《ごうかい》に笑い飛ばした。

彼はクロエの父、先代コロワ子爵とも面識があったようだ。

それほど親しくはなかったが、実直な分だけ加減がわからなくなったのだろう……そんなふうに言ってくれた。

『言いたい奴には言わせておけ。この国にはもう、貴族というだけで生きていける奴はおらん。金のために必死になってどこが悪い。このわしもそうじゃ。世間ではすっかり、金のために患者を選ぶ悪徳医師と呼ばれとるわ』

明るく言われては、クロエも一緒になって笑うしかなかった。

自らを悪徳医師という彼は、どこか信頼できる気がした。

「二日前のことです。ミハイル様が……急に、南エフォールに旅行しようとおっしゃって。出発も急なことで驚いていたのですが……それは、大洋のほうで起こっていることが理由なのでしょうか？」

「大洋で戦艦同士が大砲を撃ち合おうと、国王のおるプルレ市までは届くまいが……。もし、国境を越えてヴァルテンブルクが攻めてきたら、おしまいじゃろうな」

東にあるヴァルテンブルク連合国は、我が国以上の領土を持つ。

しかし実際のところ、その領土はいくつかの領邦に分散されていた。領邦にはそれぞれ領主がいて、ヴァルテンブルクの皇帝に忠誠を誓っているというが、内情は、決して一枚岩とは言えなかった。

それがまさか、ホーリーランド王国と手を結ぶとは思わなかった。

武器商人であるミハイルは、このことを知っていたに違いない。

だからこそ、唐突に南エフォールへの旅行を提案し、少しでも早くプルレ市を発とうとした。

（わたしとお母様を逃がそうとしてくれた？　じゃあ、ここはもう、そんなに危険なの？）

足がふらつき、クロエは壁にもたれかかる。

「おいおい、大丈夫か？　朝に出発となれば、迎えがくるんじゃろう？　母御のことはわしが気にかけてやるから、お嬢さんはヴィクトル氏とプルレ市を出なさい」

ランドン医師の提案にクロエの心は揺れる。

貴族出身のランドン医師なら、いろいろな抜け道も知っているだろう。病人の母を安全に保護してくれるかもしれない。

この家、ミハイルがクロエの名義で購入してくれた母の住む屋敷をランドン医師に譲ると言えば、きっと……。

（そうしたら、ミハイル様と一緒に行けるわ。ミハイル様は外国人で、武器の売買にかかわっているから、一刻も早く逃げなければ。本当に戦争が起これば、真っ先に危険な立場

に追いやられてしまうもの)
クロエが『お願いします』と言いかけたとき、
「ところで、少し気になることがあるんじゃが……よいかな?」
ランドン医師の質問は、クロエの心をさらに大きく揺さぶった。

夜が明ける。

クロエは白んでくる窓の外をみつめながら、エンローヴの森で別れ際にミハイルが言った言葉を思い出していた。

『ル・ヴォー男爵が私を訴えると言っているらしい。一方的に暴力を振るわれた、と。憲兵隊の詰め所まで顔を出して、事情を説明してくる』

『戻ったら、さっきの続きをしよう。たっぷり甘えさせてあげるから、いい子で待ってるんだよ』

そう言ったときの彼の笑顔は、これまでで一番優しく見えた。

そして、重苦しい夜が明けて——予定時刻ちょうどに迎えにきた馬車に、ミハイルの姿はなかった。

次の日も、その次の日も、その次の次の日も、ミハイルはクロエのもとに戻って来なかったのである。

☆　☆　☆

旅立つはずの朝から、一週間が過ぎた。

花の都と呼ばれたプルレ市内の様子は、ほんの少し前と比べて百八十度変わった。

あきらかに治安が悪くなり、市の中心だったモーパッサン大通りから紳士淑女の姿が消えた。反対に、兵士の数は圧倒的に増えている。

さらには、そこかしこで客を引いていた街娼の姿まで見えない。

王宮に向かう道は早々に閉鎖され、ついには、市外に出る街道に検問所が設けられたという話だ。それは、市民が自由にプルレ市から出て行くことができなくなったことを意味する。憩いの森と呼ばれたエンローヴの森にすら、自由に行けなくなったのである。

クロエの身辺も落ちつかなくなった。

一番は、郊外の屋敷に勤める使用人たちが、次々と暇乞《いとまご》いをして去っていったことだ。

家のことならクロエにもどうにかできる。食料や医薬品、生活必需品の蓄えもあり、しばらくは困らないだろうが、先々を考えれば不安しか浮かばない。

何より不安なのは、この一週間、ミハイルからの連絡が途絶えてしまったことだった。

市内のヴィクトル邸に何度も使いを出したが、

『旦那様がお戻りになりしだい、クロエ様のお手紙をお見せいたします』

女中頭のコリンヌはそう言うだけで、クロエの使いをぞんざいに追い払ったという。

(まあ、そうよね……彼女は一度も、わたしを『奥様』とは呼ばなかったもの。私は、彼女たちにとって雇用主の妻ではなく、我が物顔で屋敷に居座っていた……愛人)

ミハイルの身に、あるいは彼の妻子に、何かあったのかもしれない。

これまで彼の使いとしてやって来ていたアイヴァンすら、一度も姿を見せないのは異常だ。

不安は募るが、公式な身分を持たないクロエには、ミハイルの所在をどこにも問い合わせることができなかった。

(ミハイル様に、もう二度と会えないの？　まさか……エンローヴの森で別れたきりになってしまうなんて)

そう遠くない将来、彼に別れを告げられることは覚悟していた。だが、『さよなら』すら言えないまま、こんなことになるとは思わない。

それでも、クロエが神に祈ることはひとつ、ミハイルの無事だけだった。

すっかり夜も更けたころ、屋敷の裏口にひとりの客が訪れた。

郊外の屋敷はすでに、使用人がひとりもおらず、クロエは裏口の扉を開けるかどうか迷う。だが、ミハイルの使いかもしれないと思うと、開けずにはいられなかった。

しかし、飛び込んできたのは思いがけない人物だったのである。

「ああ、クロエ！　あなたがまだ、このプルレ市にいたなんて！」

サビーヌはクロエの顔を見るなり、驚きの声を上げた。

彼女は黒っぽいドレスの上にグレーの外套を着込み、頭には外套と同じ色のボンネットまでかぶっていた。それはまるで未亡人のような……彼女らしからぬ地味な装いである。

その服装の理由を尋ねるより早く、サビーヌのほうが話し始めた。

「五日ほど前かしら、あなたに連絡を取りたくて、ヴィクトル邸に使いを出したの。すると、お母様の具合が悪くて、出て行ったきり戻って来ない、と聞いて……」

そう答えたのは、おそらくコリンヌだろう。

サビーヌはそれを聞き、クロエはすでにプルレ市を出たのだ、と思ったそうだ。

「あんなに親身になって面倒をみてあげたのに、わたくしに挨拶もなく出て行くなんて、そう思っていたのよ」

「い、いえ、そんなことは……」

クロエにすれば、ミハイルから旅行に誘われただけのつもりだった。

南エフォール行きに別の目的があったと知っていれば、少なくとも、サビーヌにだけは挨拶に行ったはずだ。

クロエは本気で焦るが、サビーヌの目に怒りの色は浮かんでいなかった。

「それがまさか、本当にお母様の看病をしているだなんてねぇ。すっかりやつれてしまって……お母様は重病なの？」

よほど憔悴《しょうすい》した顔をしていたのだろう。

サビーヌはクロエの頬に触れながら、母の身を案じてくれる。

「ご心配をおかけしてすみません。母は風邪をこじらせたようで、ずっと伏せっております。熱も上がったり下がったりで……」

「まあ、それは……困ったわねぇ」

サビーヌは眉根を寄せ、心の底から困ったように呟く。

現在のところ、政府から正式な発表はない。報道にも規制がかけられているらしく、国外の様子どころか、異変の理由すらあきらかにされていなかった。

どうやら、ランドン医師の言ったとおり、戦争が始まったのかもしれない。

ホーリーランド王国だけでなく、ヴァルテンブルク連合国まで攻め込んできたとしたら、エフォール王国はどうなってしまうのだろう。

その答えは、国王の近くにいるサビーヌが誰より知っているかもしれない。

クロエは深呼吸をしたあと、思いきって尋ねた。

「我が国が危うい状況になっていると、ドクター・ランドンから聞きました。マダムなら何かご存じでしょうか？　実は……ミハイル様と、全く連絡が取れなくなってしまったのです。もし、ミハイル様のこともご存じなら、どうか教えてください！」

クロエは祈る思いで手を合わせるが、サビーヌは首を左右に振った。

「危ういどころではないわ。わたくしがどうして、こんな格好で出歩いていると思うの？」

「それは……」

クロエは絶句した。

まさかサビーヌが、こんなにはっきりと危険を口にするとは思わなかった。

「少し前から王宮にいらっしゃる陛下と連絡が取れなくなったの。そのことで、あなたを通じて、ミハイル・ヴィクトルに話を聞きたいと思ったのよ」

サビーヌの中でミハイルは、野蛮な武器商人に戻ってしまったらしい。

それはともかく、いち早く危機を察したサビーヌは、王室や政府の事情に詳しいであろうミハイルから直接情報を得ようとした。ところが、ミハイルはおろかクロエすら、すでにヴィクトル邸からいなくなっていたのだ。

当然、一刻の猶予もないと判断して、彼女がプルレ市脱出を考えても無理はない。

「あなたにも言ってなかったけれど、わたくしは、ホーリーランドの出身なの。ですから、あの国の大使にお声をかけて、一緒に出国させていただけることになりました」

サビーヌはこれからホーリーランドの大使と合流し、大使夫人としてこの国を出る予定だと言う。

未亡人のような地味な格好も、検問所に立つ兵士の目につかないためだった。

「そんな……では、陛下のことは……いえ、あの、寂しくなります」

恋人の傍を離れるなんて、と言いそうになり、クロエは慌てて修正した。

サビーヌはもう、国王を恋人とは思っていないのだ。クルティザンヌが、恋人や取り巻きの男性を捨て、自らが生き残るための道を選ぶのは当然だった。

「ええ、陛下とのお別れは、とても残念なことでした。でも、身分ある男性が最後に守ろうとするのは——結局、自分自身ですものね」

「そう、でしょうか？」

「そうに決まっているでしょう？　まさか、まだ、あの男が迎えに来てくれる、なんて思っていないでしょうね？」

サビーヌの問いは、クロエの心を見透かしていた。

のっぴきならない事情があって、ミハイルはあの朝、迎えに来られなかった。今も連絡が取れずにいるが、必ず一度はクロエのもとにやって来てくれるはずだ、と。

そんな淡い期待を手放せずにいる。

クロエが迎えの馬車に乗らなかったのは、もちろん母の体調不良が大きな理由だ。だが、それと同じくらい、ミハイルがいなかったことも理由になっていた。

(それと……ドクター・ランドンに言われたことも)

うつむくだけのクロエに、サビーヌは信じられない提案をした。

「ねえ、クロエ。お母様のことは、ご実家にお任せしたらどうかしら？　伯爵家のご出身なのでしょう？」

父が亡くなったときは、面目だけでなく財産もすべて失い、とてもではないが伯爵家に戻ることはできなかった。

だが今なら、ミハイルから渡された宝飾品やこの屋敷の証書がある。それらを合わせると、母が持参金として持ち出した以上の金額になるはずだ。

「でも、あなたは無理ね。裏社交界にクルティザンヌとしてデビューした女が、貴族社会に戻ることは難しいわ」

「は……い。それは、承知しております」

クロエは無理でも母だけなら、貴族社会に戻れるかもしれない。

そのほうが、母のためだとしたら……。

父が亡くなってからは、ひとりですべてを背負ってきたはずだった。

それが、ミハイルに甘えることを覚えてしまったせいで、彼がいなくなったとたんに、クロエの心は弱気一色になる。

そんなクロエに、サビーヌはダメ押しのように声をかけた。

「だったら、話は早いわ。あなたはわたくしと一緒に海を渡るのよ。ホーリーランドに裏社交界はないけれど、高級娼婦ならどこに行っても通用するわ」

ミハイルがいなくなった以上、クロエは次の恋人を――いや、お客を見つけなくてはならない。それは、今にも攻め込まれそうなエフォール王国より、ホーリーランド王国で見つけるほうが確実だ。

「あの男と出会わせてしまったのはわたくしですもの。責任を感じているのよ。王太子もろくなものではなかったけれど、腐っても一国の王太子ですからね。ああ、でも、その唯一の取り柄も、国がこうなってはおしまいね」

サビーヌにとって国王も王太子も、敬愛の対象から外れてしまったらしい。

クロエも彼女を見習うべきかもしれないが、できなかった。

「この屋敷には今、ひとりの使用人も残っていないのです。病で寝込んでいる母を、ひとり置いては行けません」

「そんなこと、すぐにも迎えに来ていただけるよう、手紙を書いて伯爵家に届けるといいわ。夜明けまでに港まで行かなくてはダメなのよ」

「でも……マダム、わたしはミハイル様に、どうしてももう一度会いたいのです」

今、ここを離れてしまったら、きっと本当に二度と会えないだろう。

どうしても、会って伝えたいことがある。

「申し訳ありません。わたしはもう……マダムのお役には立てないかもしれません」

クロエはひたすら謝罪して、控えめな言い方で断ろうとした。

そんな彼女にサビーヌは、ミハイルのことは待つだけ無駄だと言う。それどころか、今回の件にミハイルが一枚嚙んでいた場合、彼の恋人だったことでクロエが軍に拘束される可能性もある、等々、半ば脅すようにして説得しようとする。

だが——。

「ミハイル様に会えないにしても……あの人が無事にこの国を出られた、とわかってから、安全な場所に移りたいと思います」

クロエの固い決意を知り、サビーヌはようやく諦めてくれたのだった。

「そう、そこまで言うなら、ここに残るといいわ。でも、クロエ……わたくしは本当に、あなたを守りたかったのよ」

「はい、わかっています。マダム、本当にありがとうございました。これまでのご恩は一生忘れません。わたしは、何もお返しできなくて……」

琥珀色の瞳に涙を浮かべ、クロエは深く頭を下げる。

だが、サビーヌは違った。彼女は裏社交界の女帝と呼ばれるにふさわしく、涙ぐむこともせず、毅然として顔を上げた。

「クロエ、これだけは忘れないで。わたくしたちの扱う武器は、どんな最新の武器にも劣らないわ。いざというときには、すべてを使ってでも生き延びるのよ。いいわね？」

それは、いかにもサビーヌらしい、クルティザンヌとしての最後の教えだった。


サビーヌをこっそりと見送った翌日——。

クロエはできるだけ人の多い昼間に屋敷を出た。

目立つ金髪が見えないように大きなモップハットをかぶり、くるぶしが出る程度のショートドレスの上にエプロンをつけ、下働きの女中の格好で市の中心部に向かう。

母のことは、ランドン医師にお願いしてきた。

『万一、呼び止められたら、この籠の中身を見せて、わしの使いと言いなさい。ドクター・ランドンの名前は、まだそれなりに通用するはずじゃ』

彼から渡された籐の籠には、調合された薬が入っている。

『ありがとうございます。ドクター・ランドン』

クロエは何度もランドン医師に頭を下げた。

彼女が危険を承知で向かうのはヴィクトル邸だった。

昨夜のサビーヌの様子から考えて、母の回復をのんびり待っている時間はないようだ。

ミハイルの無事を確認するためにも、女中頭のコリンヌに直接話を聞きたい。

そんなことを考えながら、クロエは堂々と表通りを歩いて行った。主人の使いとして表に出た女中なら、こそこそと裏道を通ることはしないだろう。

十日ほど留守にした屋敷が見えてきて、クロエがホッとした瞬間――。

「おい！　そこの女、どこへ行こうとしている!?」

鋭い声で呼び止められた。

恐る恐る振り返ったクロエの目に、近衛兵の制服が映る。それはヴィクトル邸に、門番として手配されていた兵士たちと同じ制服だった。

(ひょっとして、警備に来ていた兵士さんが、この辺りを巡回してるの？　もしそうなら、わたしの顔は覚えているはずよ)

その場合、果たして、ランドン医師の使いで薬を届ける途中、という言い訳は通用するだろうか？

クロエは口から心臓が飛び出しそうなほどドキドキする。

迂闊に声も出せずジッとしていると、

「女！　返事をせんか！」

怒鳴りながら兵士が近づいてきた。

そのときだった。目の前を流れるロメーヌ川を越えて、パンパンパンと小銃を発射する乾いた音が響いてきた。

「きゃっ!?」

自分が狙われたような錯覚に陥り、クロエは小さな悲鳴を上げてしゃがみ込む。

兵士たちも同じように感じたのかもしれない。とっさに手にした銃剣を構え直し、音のしたであろう方向に走り出した。

さらに、あちこちから兵士が出てきて、全員が同じ行動を取っている。

よくわからないが、小銃の発砲騒ぎが起こったおかげで、女中にかまう余裕などなくなったらしい。

兵士たちはヴィクトル邸の近くからいなくなった。

クロエはその隙をついて、ヴィクトル邸の中に入り込むことができた。

庭を横切ったときは、それほどの違和感はなかった。だが、邸内に足を踏み入れた瞬間、その荒廃ぶりに息を呑んだ。

床には壊された調度品の残骸が散乱していた。

絨毯は汚れた靴で踏み躙《にじ》られたのだろう。そこかしこに乾いた土が残っている。

廊下に飾られた彫刻や、広間にかかった絵画など、前の持ち主からそのまま買い取ったという由緒ある美術品は影も形もなくなっていた。

(侵入者？　いえ、泥棒に盗まれたの？)

もし泥棒だとしたら、ずいぶんと乱暴なやり方だ。

クロエは声をかけるのも忘れ、残骸に足を取られないように、ゆっくりと奥へ進んでいく。

だが、どう見ても尋常な状態ではない。

この状況で使用人たちが残っているとも思えなかった。

(こんな状態だから、兵士さんたちがいたのかしら？　もしそうなら、あの人たちが戻って来る前に、わたしは引き揚げたほうがいいのかもしれない)

サビーヌに言われたことを考えると、兵士たちに自分の名前を名乗るべきとは思えなかった。

クロエは足を止め、引き返すかどうか迷う。

そのとき、二階へと上がる階段に目を留めた。

彼女が使っていた部屋は二階にある。この荒らされ方を見れば、クロエの部屋も無事ではないだろう。絹のドレスや豪華な宝石類が残っているとは思えないが……。

(宝石のついてない髪留めや、リボンくらいなら……。なんでもいいの。何かひとつでい

いから、ミハイル様との思い出の品が欲しい）

クロエは二度、三度と深呼吸したあと、階段に向かって歩き出した。

二階は廊下を見る限り、一階より荒らされてはいないようだ。だが、床に複数の足跡が残っているので、侵入者が二階まで上がってきたことはあきらかだった。

自分の部屋の扉を開けようとして、クロエがノブを摑んだとき、うっすらと開いていることに気づく。

しかも、部屋の中に人の気配がして……クロエの全身に緊張が走った。

（もしかして、泥棒？　そんな、まさか。靴跡の土が乾いていたわ。だから、何日も前のことだと思っていたのに）

このまま後退すべきかどうか迷い、ひとまずノブから手を放した瞬間——ギィーと扉の蝶番《ちょうつがい》が軋んだ。

「誰っ!?」

聞こえてきたのは女性の声だった。

しかも聞き覚えのある声に、クロエは慌てて中に飛び込む。

「コリンヌ！　無事だったのね。よかった」

女中頭のコリンヌが残っていたことに驚きつつ、大きく安堵の息を吐く。

「他の人たちも無事かしら？　でも、いったい何が起こったの？」

続けて質問するが、コリンヌは大きく目を見開いたあと、首を左右に振り、以前とは全く違う口調で答えた。

「ちょっと、勘弁しておくれよ。あんたさ、なんでまだ、こんなとこにいるの？　とっくの昔に逃げたんじゃなかったわけ？」

「あなた……コリンヌ、よね？」

クロエの知っているコリンヌは、栗色の髪をしっかりと結い上げ、地味な色のドレスを着て、白いエプロンをしていた。

年齢を聞いたことはなかったが、クロエより遥かに年上だと思っていた。

それが今は……。

「ええ、あたしが女中頭のコリンヌ・バローですよ」

そう答えたあと、彼女は呆れたように笑った。

「まいったねぇ、まだ少しは金目のものが残ってるかも……なんて、欲張るんじゃなかった」

波打つ栗毛をかき上げながら、コリンヌは気怠そうに口を開いた。

生成りのドレスはやけに胸元が開いている。それだけでなく、赤いコルセットをドレスの上につけ、足元にはウールのタイツだ。その格好は街角に立つ娼婦そのもので……今の彼女はクロエより三つ四つ上くらいにしか見えない。

コリンヌは、そんなクロエの視線に気づいたようだ。

「あんたの想像どおりさ。でもね、あたしだって、これくらいの大きいお屋敷で働いてたことはあるんだよ。そこの坊ちゃんに無理やり女にされて、それがばれるなり奥様に追い出されたのさ。あとは、言わなくてもわかるだろ?」

二年前までのクロエなら、きっとわからなかった。

だが今は、田舎から出てきたばかりの娘が、どれだけ悪い男の餌食《えじき》になりやすいか、よく知っている。

無垢で純情な娘たちを言葉巧みに誘惑し、そのままベッドに連れ込もうとする男のなんと多いことか。それは雇用主やその息子であったり、彼女を指導するべき上級使用人の男性であったりする。

最悪、コリンヌのように泣く泣く関係を結ばされる場合もあった。しかも、その行為が一度で済むわけがない。同じ屋敷で働く限り、何度でも組み伏せられる。しだいに、娘たちは抵抗を諦め、ふしだらな関係を受け入れるようになるという。

だが、そんな関係が結婚へと結びつくことは絶対にない。

女主人にばれたとたん、紹介状ももらえずに解雇されるのは娘のほうだった。

屋敷を追われたあとはもっと悲惨だ。純潔を失っては田舎に戻って結婚などできない。

彼女らは、プルレ市内で生きていくしかなくなり、その多くが、ひと月以内に街角に立つことになる。

コリンヌもそんな娘のひとりだったのだろう。

「じゃあ、どうして、この屋敷で女中頭を？」

紹介状もなしにどうやって雇われたのか、クロエには不思議でならない。

だが、答えは実に簡単だった。

「エンローヴの森で旦那様に声をかけたんだよ。そうしたら、女中の経験があるなら雇ってやるって言われたのさ」

短ければ数日、長くても三ヵ月は超えない。

コリンヌはそんなふうに言われ、ふたつ返事で引き受けたという。

エンローヴの森で客を取る娼婦は少なくない。立ったまま木の陰で素早く済ませられることから、街娼を買うより安く済むという話だ。エンローヴの森をひとりで訪れる男性たちの目当ては、そんな彼女たちだった。

ミハイルの目当てもきっと同じだったのだろう。

彼がコリンヌを――娼婦を買ったとしても、別におかしなことでもなんでもない。

(わたし、どうしてこんなに驚いてるの？　全然、驚くことじゃないのに)

ミハイルがこの屋敷を購入した理由は、クロエとふたりきりで過ごすためだった。

ということは、ミハイルは情熱的にクロエを求める一方で、エンローヴの森に行き、娼婦を買って……。

「ねえ、クロエ様」

コリンヌの問いかけに、クロエは我に返る。

「な、なんでしょう？」

「知ってるだろうけど……一応、言っとくわ。あたしたち、クルティザンヌは大っ嫌いなんだよ。だって、同じように躰を売って稼いでるくせに、自分たちは娼婦じゃない、なんて御託《ごたく》ばっかり言ってるからね」

「……御託？」

「そうさ。でも、あんたに恨みはないよ。だって、あんたは別に偉そうじゃなかったからね。まあ、生きてくためにはお互い様ってことで」

少しだけ申し訳なさそうな顔をしたあと、コリンヌは指の辺りをさすりながら少しずつ壁際に近づいていった。

彼女の指には金色の指輪が嵌められていた。

それはミハイルがクロエのために用意してくれた、いくつかの指輪のひとつだった。

「指輪なら、差し上げます。だから、お願いよ。あなたが知っているミハイル様のこと、わたしに教えてほしいの」

特別な関係にあったと思われるコリンヌなら、クロエ以上に彼のことを知っているかもしれない。

その事実を認めることは、とても悔しくて残念なことだが、それでも、ミハイルに会いたかった。

「お願い、コリンヌ」

クロエが一歩近づこうとしたとき、ふいに背後の扉が開いた。

それも、大勢の人間の気配がして……。

慌てて振り返った彼女の目に飛び込んできたのは、ここにいるはずのない人物。

「お母様!?　ドクター・ランドン？　どうしてここに？」

ランドン医師に腕を掴まれ、強引に立たされている母の姿と、ランドン医師の後ろに立つ、兵士たちの姿だった。


数時間後――。

クロエは母とともに、彼女の部屋に閉じ込められていた。

ランドン医師は説明もせずに、すぐに兵士たちと行ってしまった。部屋の外には見張りの兵士が立っており、どこにも逃げられない。

この部屋にはベッドがないため、母はカウチソファに横たわっている。

陽はすっかり落ちてしまったのに、燭台に灯りすら点してもらえず……部屋の中は真っ暗だった。

「気分はどう？　やっと熱が下がったのに、また上がってしまったらごめんなさい」

「いいえ……いいえ……」

母は小さく首を振り、両目にうっすらと涙を浮かべる。

「謝るのは私のほうです。お父様が、あんな真似をしたばかりに……。あなたの人生を台無しにしてしまった。ごめんなさい、クロエ……お父様とお母様を許してちょうだい」

クロエが出かけてからしばらくして、郊外の屋敷に突然、数十名の兵士が入り込んできたという。

彼らは銃剣を手に次々と扉を破り、家探しし始めた。

『ミハイル・ヴィクトルはどこにいる⁉』

『隠すとためにならんぞ！』

『この屋敷が、奴が女に与えた隠れ家だということはわかってるんだ！』

それは、母にはわからない言葉だった。

だがすぐに、クロエの『このお屋敷は、国王陛下のご厚意により賜ったもの』という言葉も、『父が生前、国王の利益となる仕事をしていたことがわかった』という言い訳も、嘘だと気づいてしまう。

小さくても気配りの行き届いた屋敷に住み、数日おきに医師の往診を受けて高価な薬を出してもらい、栄養のある食事をいただくことができる。その恩恵を与えてくれるのは国王でも、亡き夫でもなく、ミハイル・ヴィクトルという人物。

いや、そのミハイルの愛人となったクロエのおかげなのだ、と。

ひとり娘をクルティザンヌにしてしまった。

夫が心を奪われ、私財を貢いだ挙げ句に、命を落とす理由になった女性と同じクルティザンヌに。

それを知ってしまったときの母の心痛は、想像するだけでいたたまれなくなる。

「嘘を……嘘ばかりついて、ごめんなさい」

謝る以外に何もできず、クロエは床に膝をついてうなだれた。

「違うわ、クロエ。私も不思議に思っていたの。お父様が国王様のために仕事をしたことがあったかしら……と。なぜなら、下級貴族だった自分と結婚したばかりに、私が宮廷に招かれなくなってしまったと、国王様に不満を持っていたから……」

伯爵令嬢だった母は夜会のたびにヴァシュラール王宮に招かれ、表舞台の花と呼ばれていた。それが、階級の低いコロワ子爵夫人となったとたん、宮廷からはじき出されてしまったのだ。

父は何かあるたび、王家やその取り巻きである上級貴族の悪口を言っていたらしい。

「それなのに……でも、私の知らないうちにそんなことがあったのかもしれない、なんて。楽なほうに……逃げてしまって……娘のあなたにだけ、つらい思いをさせて……」

母は横になったまま、ポロポロと涙を流す。

クロエは耐えられなくなり、泣きながら母の手を握りしめる。

「言わないで！　お母様、お願い……もう、言わないで」

モップハットが頭から落ち、暗がりを淡く照らすような髪が肩にこぼれ落ちた。

「つらい思いなんて、していません。裏社交界に招いてくれたマダム・ジャールのおかげで、わたしは街角に立たずに済みました。そしてミハイル様のおかげで、お母様もちゃんとしたお医者様に診ていただくことができて……」

そこまで口にして、クロエはランドン医師のことを思い出した。

彼は、郊外の屋敷にドカドカと入り込んできた兵士たちに向かって、

『ミハイル・ヴィクトルはここにはおらんぞ。まったく、わしが報告するまで待てと言ったのに。これでもう、あの男はここには来んわ。馬鹿もんが！』

そう言い返したというのだ。

クロエがヴィクトル邸に向かったことを、兵士たちに伝えたのも彼だった。

さらに、クロエからミハイルのことを聞き出すためには、母親のソランジュを連れて行くのが最も効果的と言い、ヴィクトル邸までの同行を申し出た。

（つまり……ドクター・ランドンは、わたしたちを裏切ったの？　ああ、違うわ、そうではなくて、最初から誰かに頼まれて見張っていた、とか？）

考えれば考えるほど混乱してくる。

ただ、もしランドン医師がミハイルの敵で、クロエを見張っていたのだとしたら、彼は知っていることをすべて話してしまったはずだ。

「ねえ、お母様……ドクターは、他に何か言っていたかしら？　あの、たとえば……」

クロエが言い淀むと、母は肩で息をしながら手をしっかりと握り返してきた。

「クロエ……ひとつだけ、お願いが、あるの」

「ええ、わかったわ。なんでもお母様の言うとおりにするわ。また熱が上がったんじゃないかしら？　もう目を閉じて、ゆっくり眠って」

苦しそうな母をさらに追い込むような質問はできない。事情なら、ランドン医師のほうに尋ねよう。

そんなふうに思って母を休ませようとするが、

「あの人たちが、探している方……ミハイル・ヴィクトルという方とは、もう、お別れしたの？」

縋《すが》るように聞かれては無下にもできず、クロエは正直に答える。

「わから……ないの。でも、きっと、そうだと思うわ。ミハイル様はもう、この国にはいらっしゃらないのかもしれない。でも、それを知りたくて……」

そこまで言うと、母は震える手を伸ばし、クロエの頬を優しく撫でた。

「ああ、クロエ……あなた、その方を愛してしまったのね」

「そうじゃないの。そうではなくて……そんなことは」

ない、と言おうとして言えなかった。

すると、母はとたんに声を潜めた。

「ドクターは、敵ではありませんよ。あの場で殺されそうだった私を、助けてくださったの。だから……きっと、あなたのことも、逃がしてくださるはずです」

「まさか、そんな」

ただならぬ母の話に、クロエは言葉を失う。

彼らが母を殺していれば、きっとクロエも無事では済まなかっただろう。だが、ランン医師がそこまでしてくれたとは思いもしなかった。

「そのときは、私のことは気にせず、あなたはお逃げなさい。その、ミハイル様と再会して、妻にしていただけるように……。祈っていますからね」

「それは……」

ミハイルには家族がいる。

彼は愛する家族の存在を思い出し、クロエのことを切り捨てたのだ。

クルティザンヌに夢中になり、破滅の一歩手前までいった男性が、我に返って家族のもとに戻る――それは、何度となく耳にした話だった。

「エフォールは、何やら、大変なことになってしまったわね……でも、いざとなれば、私は……兄たちの屋敷に、連れて行ってもらいます。大丈夫……病人を追い返す、兄たちではない、わ」

「お母様！」

ふいに母の手から力が抜けた。

クロエはびっくりして母を呼ぶが、どうやら、疲労困憊《こんぱい》で意識を失うように眠りに落ちたらしい。娘がクルティザンヌであることを知ったのだ。母にすれば、耐えがたい悲しみだろう。母の心労を思えば、心苦しくてならない。

「ごめんなさい。絶対に知られないようにって思っていたのに……お父様だけでなくわたしまで、コロワ子爵家の名前を汚してしまって、本当にごめんなさい」

心の中で何度も何度も『ごめんなさい』を繰り返す。

兵士たちは血まなこになってミハイルを探している。それは同時に国王がミハイルを探している、ということだ。

この厳戒態勢ともいえるプルレ市の現状に、ミハイルが関係していることは間違いない。まさしく、サビーヌが案じていた事態になってしまった。

ミハイルに会いたい。

しかし、彼の身に危険が及ぶなら、もう二度と会えないほうがマシだ。

そのとき、ノックもなく扉がスーッと開き——数名の兵士が、クロエを迎えにきたのだった。

☆　☆　☆

ミハイルの祖国、ソーンツァ帝国はエフォール王国より遥か北にある。

冬は凍てつく氷に大地は覆われ、吐く息すら凍らせる。

夏の夜は薄明が辺りを覆い、眠りにつくことのない国と呼ばれた。

十代のころは、そんな夏の夜を楽しみにしていた。三歳上の兄、ダニエルの真似をして、夜ごと街に繰り出し、それがばれては母に叱られていたものだ。

頼りがいのある逞しい父と、政略結婚ながら父に愛され、子供たちを愛してくれた母、そんな母に気質の似た優しい兄、可愛いが揃うとやかましい三人の妹たち。

ミハイルは——父に似て大人びた容姿だが、一人前と言われる十八歳の誕生日を迎えても、今ひとつ子供っぽさが抜けずにいた。同盟を結ぶ隣国の大学に留学させるか、いっそ軍に入れて鍛えるか、父やダニエルにそのことを言われるたび、面倒なことから逃げ回るばかりの、まさに子供だった。

それでも、近い将来、父の後を継ぐ兄を助け、自分も国のために尽くそう——そんな未来への希望に溢れた十八歳のある夜、ミハイルはひとりの女性と出会った。

白夜の中、父のつけた近侍の目から逃れたとき、彼は裏道で女性が痛めつけられる場面に遭遇した。

——おまえの男に金を払ったんだ、躰を売って稼《かせ》いでもらうぞ、逃げ出そうとしたら殺してやる——。

そんな罵声を耳にして、無視できるミハイルではなかった。

助けた女性はジネット・デュモンと名乗った。

『私の家はエフォール王国の下級貴族で、その家を守るために、新しい国王様の宮廷に上がって高級娼婦になれと言われました。そんなとき、庭師のエーリックが結婚しようと言ってくれたのです。家を捨て、彼の国までついてきたのに』

ジネットは、白夜の街に落ちてきた太陽を思わせる金色の髪をしていた。

エメラルドグリーンの大きな瞳は、彼の国から遠く遠く離れた南の海を写し取ったかのようで……。

その出会いは、十八歳の大人になりきれない青年を、虐げられた女性を救う騎士に変えた。

『私のような女では、あなたのお父様もお母様も認めてはくださらないわ。拝謁すら許していただけない。私はもう、あなたなしでは生きていけないのに』

ジネットは七つも年上で、異国の……それも、彼の国に何度となく攻め込もうとするエフォール王国の貴族出身だった。

だが問題は、それが事実だという証拠がなく、証明もできないこと。

そしてミハイルは、行き場のない彼女を別邸に住まわせていたことが知れ、父の逆鱗《げきりん》に触れてしまう。

『ジネット・デュモンという名が、本名であるとは限らん。得体のしれぬ女を別邸から追い払い、一切の付き合いを断て！　言うとおりにできぬというなら、おまえを地下牢に監禁する！』

ミハイルは彼女と別れたフリをして、両親との対面を計画した。

ジネットは心映えのする優しい女性だと、両親にわかってほしかった。会って話をすれば、きっと理解してもらえる。身分や年齢の差など関係ない。愛は多くのことを乗り越えていけるのだ、と。

それは、白夜祭の日に起こった。

夏至を迎えたその日に行われる白夜祭は、ソーンツァ帝国の首都、プリローダの街が一番賑わう日だ。

いつもは、堅牢なサラヴェイ城からなかなか出てこない第七代レオノフ皇帝も、この日ばかりはイリーナ皇后と子供たちを伴い、白夜祭のパレードに参加する。

プリローダ市民は沿道に立ち、思い思いの花を振りながら、皇帝一家を歓迎するのだ。

大小様々な広場で市民楽団が演奏を始め、それに合わせて老若男女がダンスをする。それはもう、街中の人々が笑顔になる一日だった。

その日に、ミハイルはジネットを両親に合わせようとした。

誰もが喜びに満ち溢れているこの日なら、厳格な父の心も多少は和らいでいるかもしれない、そう信じたかった。

ミハイルはジネットと一緒に、サラヴェイ城の正門脇で待機した。それは、ミハイルの気持ちを慮った衛兵たちの協力があってできたことだ。

最初に、正門から出てきたのは母だった。

母はミハイルの顔を見るなり笑顔になったが、すぐ後ろに立つジネットに気づき、とたんに顔をしかめた。

『母上！　少しでいいんです。僕たちの話を聞いてください!!』

叫ぶように訴えたミハイルに、母は思いつめた表情のまま、うなずいてくれた。

『わかりました。ミハイル、あなたは……お父上を呼んできなさい。さあ、早くしなさい。そうでなければ……』

『わかりました。でも、父上なら、もうお見えに――』

次の瞬間、ジネットが信じられない動きをした。

彼女はいきなりドレスの裾を捲り上げ……そこには、大量の火薬がクリノリンに取りつけられていたのである。

ジネットはミハイルの顔を見るなり、にっこりと笑った。

『ありがとう、ミハイル皇子。愛してるわ、あなたは最高の恋人よ――我がエフォール王国に栄光あれ!!』

叫ぶなり彼女は導火線に火を点け、ミハイルの父、第七代レオノフ皇帝に向かって突進しようとした。

ミハイルはとっさに、ジネットに体当たりしてでも止めようと走り出す。

けれど、そんなミハイルを突き飛ばし、ジネットに飛びかかったのは母、イリーナ皇后だった。

刹那――大量の火薬が一斉に爆発した。

ジネットは爆死し、イリーナ皇后も地面に叩きつけられ即死だった。

異変に気づき駆け寄った衛兵三人も死亡し、すぐ近くにあった馬車が吹き飛んだせいで、御者と皇后付きの女官がふたり重傷を負い、数日後に亡くなった。

不幸中の幸いで、遅れて出てきた皇帝はかすり傷で済んだ。

そしてミハイルは、母のおかげで即死は免れたものの……爆破の衝撃で全身を強く打ち、意識不明に陥った。彼が意識を取り戻したのは、事件から十日後のこと。右ふくらはぎには爆風で飛んできた鉄片が突き刺さり、切断すら危ぶまれるほどの重傷だった。

彼が療養の名目でサラヴェイ城を出たのは、事件からわずか二ヵ月後のこと。

同日、第七代レオノフ皇帝の第二皇子、ミハイル・ヴィクトロヴィチ・レオノフ——その名は皇位継承第二位から削除された。

それ以降、ミハイルがソーンツァ帝国の地を踏んだことは一度もない。


早朝の冷やりとした空気を感じ、ミハイルは浅い眠りから目を覚ました。

彼が寝ていたのは、木の板が張られただけの硬いベッドだ。綿の詰まったマットレスには、もはや弾力も何もない。リネンは向こうが透けて見えそうなほど擦り切れており、与えられたのは毛布一枚のみ。

だが、最低料金で泊まれる安宿を選んだのはミハイル自身だ。

（仕方ない、か。今の私は、南に向かう商船の乗組員だからな）

彼は身体を起こし、ため息をつきながら黒髪をかき上げる。

今ごろ、ユーグ国王は激昂しているはずだ。何しろ、大金を払って手に入れた速射砲は欠陥品、駐退機は隣国の中古品だったのだから。

本当なら高笑いでもしたいところだ。

しかし、うっすらと黒く染まった掌を見て、彼はさっき以上に大きく息を吐いた。

プルレ市を出てすぐ、靴墨を使って銀髪を黒く染めた。国王はおそらく、目立つ銀色の髪をした男を探させていることだろう。

これまでも、黒髪に変えるだけで簡単に逃げきれたものだ。この程度の包囲網なら、今回もたいした危険はない。

少なくともミハイル自身は……。

床に足を下ろし、ゆっくりと立ち上がる。

冬の初めではあるが、彼は下穿きを身につけただけで上半身は裸だ。

生まれてから、人生の半分を過ごしたプリローダの街。移動に不便を感じるほど雪が積もることはなかったが、夏でも暖炉が必要な寒さだった。

それに比べれば、エフォール王国の冬など寒いとは言えない。

国を出て十七年、冬のない常夏の島まで出向いたことも、逆に、吹雪が続いて馬車が出せない国で過ごしたこともある。

その国々で、あるときは芸術家、またあるときは貿易商、他にも、新大陸でダイヤモンド鉱山を掘り当てた宝石王を騙った。

すべて、ソーンツァ帝国にとって有益な情報を得て、敵国の経済や軍備に打撃を与えるためだ。

名前を変え、必要とあらば髪の色も変え、ほとんどの計画をひとりで練った。

機が熟したことを知り、武器商人を名乗ったのも、すべてこの計画——エフォール王国の王制を潰すという、ミハイルの最終目的のためだった。

アイヴァンはミハイルの個人的な部下ではなく、軍の情報部に所属する連絡員だ。彼は十八歳でこの世界に足を踏み入れ、それ以降、ずっとミハイルの担当をしている。

彼はミハイルのことを特別に皇子扱いするでもなく、皇后を死なせた疫病神と呼ぶこともない。担当者としてあくまで仕事を優先し、多少の危険などお構いなしに、淡々と役目を果たしてきた。

そのアイヴァンが、クロエのこととなると感情的になる。

だがそれも、彼に言わせれば逆らしい。

『感情的になっているのは自分ではなく、ミハイル様です。これまで諜報活動の一環として女性を利用しても、あそこまでの情熱を傾けることはただの一度もなかった』

アイヴァン曰く、母親のための屋敷を購入してまでふたりで過ごす時間を作ったり、計画終了後に彼女の身に危険が及ばないよう取り計らったり、何よりこれまでと違うのは、クロエに執着するあまり、引き際を誤ったことである、と。

『あなたはそれを自覚されるべきです』

クロエを捨てろと言っていたのはアイヴァンだ。それを、いざ手を引こうという段になって、彼女はミハイルの迎えを待っている、と言われてもどうにもできない。

ミハイルは大きな力を蓄え、時期を待って、ジネットが『栄光』を叫んだエフォール王国へとたどり着いた。

そして、クロエと出会った。

あの見事なまでの金髪を見たとき、ミハイルの中に、爆風を受けて四肢を引き千切られそうになった痛みが甦った。

そして、取り返しのつかない後悔と屈辱まで。

そのすべてが大きな波となり、次々に押し寄せて、彼の心を闇へと引きずり込んだ。

美しく清らかなクロエの容姿は、見事なまでにジネットと重なった。そのせいか、ミハイルは執拗なほど何度も、クロエに『愛してる』とささやいた。彼女のすべてを賛美し、贅沢三昧の生活に慣れさせ、長年の目的を果たしたあと、手酷く捨ててやればいい。所詮、クロエもジネットと同じ、国王から回された娼婦だ。

今度こそ、利用できるだけ利用し、最後にこう言い放つ――『愛してるよ、クロエ。君は最高の恋人だった』と。

王制を潰すことで、クルティザンヌの存在価値がなくなるかもしれない。ただの娼婦となり、街角に立つことにでもなれば、彼女はきっと、ミハイルを殺したいほど憎むだろう。

そのときこそ、美しい顔を歪ませ、本性を剥き出しにしてミハイルを罵ればいい。そんなクロエの姿とジネットを重ねることで、ようやく、十七年に及ぶ苦しみに決着をつけることができる。

そう思っていたのに……。

エフォール王国北端の港町、ジェップに到着してもう五日になる。

彼を乗せてもいいという商船はすでに何隻か出港し、それでもまだ、ジェップから離れられずにいた。

どこに潜んでいるのかは不明だが、今日辺りまた、アイヴァンがやって来てこう言うだろう。

『いったい、いつまでこの国に留まるおつもりですか？』

『このままでは乗れる民間船はなくなり、エフォール海軍の軍艦に乗る羽目になるかもしれませんね』

どれほどの嫌みを言われても、ミハイルには答えられなかった。

なぜ、この国に留まろうとするのか。

なぜ、クロエに自分の正体を明かし、最初に思ったとおりの捨て台詞を残さなかったのか。

真実はひとつも告げず、逃げる段取りまでしてやったのだから、お笑い種だ。

(剣を手に戦う英雄にもなれず、冷酷な復讐者にもなれない。脚を引きずりながら、地べたを這い回って逃げる……まるでドブネズミだな)

自らの無様さに、ミハイルは憮然とした顔つきで窓際に立った。

潮の香りがして、海がすぐ近くにあることを肌で感じる。

プリローダの街も海が近かった。

新しい年がくれば流氷が浮かび始め、ひと月程度で氷結する。そこから春まで、港は完全に使えなくなり、あらゆるものの運搬は陸路のみとなるのだ。

(ああ、そういえば、砕氷船《さいひょう》が開発されたんだったな)

まだ試作段階と聞いたが、完成すれば真冬でも船の航行が可能になる。

そのときは、プリローダの近海における戦略が大きく変わるだろう。

周辺は小国が連なっており、冬場の警戒はゼロに等しかった。だが砕氷船の登場で、いろいろと変わってくるはずだ。当然、情報収集が必要になってくる。

だが今回のことで、〝武器商人ミハイル・ヴィクトル〟は廃業するしかない。

（さて、次はどんな手を考えるか……）

何度目かのため息をついたとき、朝もやの中、駆けてくる一台の馬車にミハイルは目を留めた。


扉がノックされた。

「失礼します。――ミシェル殿、南に向かう船ですが、明日以降の出港は未定になりました。何がなんでも今日中に……ミシェル殿!?」

ノックは形だけで、アイヴァンはミハイルの返事を待たずに扉を開け、予定を口にしながら部屋の中に入ってくる。

アイヴァンのエフォール語は完璧だ。まさかこの男の本名がイヴァン・ルカショフといい、ソーンツァ帝国の軍人とは誰も思わないだろう。

そんな男から『ミシェル』と呼ばれ、ミハイルまでエフォール人になった気がする。

だがミハイルは、彼の問いかけを無視するように部屋から出て行こうとした。

「どこに行かれるおつもりですか？　この状況で出歩くことには賛成できません」

「クロエが……プルレ市郊外の屋敷に残っている。母親の具合が悪くて、おまえの回した大型馬車に乗らなかったそうだ」

朝早く、馬車でやって来たのは裏社交界の女帝、サビーヌ・ジャールだった。

クロエはサビーヌをことのほか信用していた。それも、ユーグ国王とサビーヌの仲を純愛のように語ったときには、笑いを堪えるのが必死だった。

思ったとおり、国王が窮地に陥るなり、サビーヌは金目のものを手に逃げ出した。

サビーヌは素晴らしく保身に長けている。彼女のサロンには、いざというときに役に立つ男が大勢出入りしていた。あらかじめ、そういった男たちの顔ぶれをチェックしていたミハイルは、国外脱出の際に安全を保証される駐在大使に手を回しておいたのだ。

『サビーヌの脱出に手を貸すなら、必ずジェップの港を利用するように。そうすれば、さらなる安全と大金があなたの手に入る』

エフォール国民でない駐在大使が、その誘惑に乗らないはずがない。

そうまでして顔を合わせたサビーヌだが、ミハイルの顔を見るなり、眉を顰《ひそ》めた。

『あなた……ミハイル・ヴィクトル!? まだ、この国にいらしたの？』

彼女にすれば、未亡人のような格好に身をやつしてまで、どうにかプルレ市を脱出したのだ。その上、見すぼらしい馬車に押し込まれ、夜通し駆けて、やっとこの港町に到着した。挙げ句の果てに、ひと休みする間もなく、町外れの寂れた宿まで連れて来られたのだから、不満を漏らしても無理はない。

しかし、次に彼女が口にしたのは、全く別のことだった。

『ああ、なんてことかしら。あなたがこの町にいるとわかっていたら、あの子もついて来たでしょうに』

あの子とは、もちろんクロエのことだ。

一緒にホーリーランド王国に逃げよう——サビーヌはそう言って、熱心にクロエを誘ったと言う。

だが、母親を置いてはいけない、ミハイルの無事も確認したい、と言い張り、クロエは頑として逃げようとはしなかった。

サビーヌのもたらした情報は、ミハイルの予想を完全に覆した。

ミハイルがプルレ市から姿を消せば、クロエも怪しまれて拘束されるかもしれない。それを想定して、いくつか手を打っておいたのだが、結局、彼女が拘束されたという情報は入ってこなかった。

ということは、クロエは誰にも気づかれないうちに、プルレ市から出たに違いない。

アイヴァンの言った『あなたの迎えを待つでしょう』という予測は間違っていたのだ。

ミハイルはその確信を得るために、サビーヌが逃げてくるのを待ち構えていた。

(あの娘のことだ。マダムに報告してから出発するだろうからな。だが、まさか、ずっと郊外の屋敷に籠もっていたとは)

不幸中の幸いというべきか、ミハイルは郊外の屋敷を購入する際、自分の名前を出さなかった。そのおかげで、国王はクロエの所在を特定できなかったのだろう。国王とサビーヌの関係が早々に切れたことも幸運だった。

だが、その幸運はいつまで続くだろう？

ユーグ国王はまだ、ミハイルの本当の正体に気づいていないはずだ。

武器商人を騙る詐欺師《さぎし》と思い続けてくれるなら、それに越したことはない。

だが、もし本当の正体を知れば、クロエを捕まえてソーンツァ帝国になんらかの要求をするかもしれない。

（それはまずい。今になって私の名前が表に出たら、父上に——皇帝陛下に迷惑をかける）

父はこの十七年、ミハイルが国家のための諜報活動に従事していることを、表面上は知らない。正しくは、知っていて知らないふりをしている。

公式発表では、第二皇子は国外にて怪我の治療中、になっていた。

だがそれが十七年も続くと、いつの間にか、第二皇子は静養先で亡くなったという噂が国内外問わず、まことしやかに広がっている。

その状況でミハイルの名前が表に流れるのは、いささか厄介だ。

「私の素性がばれたとき、ユーグ国王はクロエを利用するはずだ。ばれなくても、プルレ市内に残した私の資産は、もう役に立たない」

クロエには味方もなく、守ってくれる者もいない。

南エフォールまで逃げさえすれば、平穏な生活が約束されていたはずだったのに。

それを考えるだけで、ミハイルはジッとしていられなくなる。

そのとき――。

「だから、なんですか？」

抑揚のない声が返ってきて、ミハイルはあらためてアイヴァンの顔を見た。

「おまえも、クロエのことを気にしていただろう？」

「はい、気にしていました。娼婦になりきれていない女性と長くかかわるべきではない、と。あるいは、早々にプルレ市から逃がすべきでした」

「それは……」

ミハイルは、アイヴァンの言う『女性を利用する下種なやり方』に、やたらとこだわった時期がある。

諜報活動は誰を騙し、誰に近づくかで勝負が決まる。そんなとき、ミハイルは決まってジネットと似た匂いのする女に近づいた。女たちの警戒を解き、いろんな駆け引きを楽しみながら、破滅へと追い込んでいく。狩りのようなものだ。

ときには、寝首を掻かれそうになったこともあったが、狩りに危険は付き物だろう。

ここ五年ほど、アイヴァンが嫌な顔をするのでその手のやり方は避けてきた。

だが、最終目的だったエフォール王国に入り込んだとき、そして、クロエに出会ったとき、どうしても、やり遂げてみたくなった。

「……エフォールの娼婦に、復讐したくなったんだ」

するとアイヴァンは小さく息を吐いた。

「では、おめでとうございます。プルレ市は、東から侵攻してきたヴァルテンブルク連合国軍に包囲されました。高嶺の花であったクルティザンヌも、所詮は娼婦。まとめて、然るべき場所へ送られるでしょう」

娼婦だと知られたら、敵兵の野営地に送られ、兵士たちの相手をさせられるだろう。

手練れの――それこそ、サビーヌくらいなら、すぐさま連隊長以上の将校に取り入り、上手くやるはずだが……果たしてクロエにそんな真似が可能だろうか？

（いや、意外に上手くやるかもしれんな。あのときだって……）

ミハイルがクロエに欲しいものを尋ねたとき、『……愛してほしい』と答えた。

どれほど過酷な運命が待ち構えていようとも、ミハイルを愛し続けると言い、大切な人を守るためなら、泥の中に沈むことすら厭わない、と。

クロエの言葉は、まるで真実のように聞こえる。

（いざとなれば、敵の大将でも篭絡できるだろうな。クロエの魅力に抗える男などいるものか）

その思いは、凍りついたはずのミハイルの心を痛いくらいに揺さぶった。

「いや……ダメだ。まだ、足りない。あの娘をヴァルテンブルク兵なんぞにはやれない。逃がそうとしたのは、自由にしないためだ」

「殿下！　おやめください、ミハイル殿下！　あなたは捨てたつもりでも、それでも、あなたは我が国の第二皇子なのです。むざむざと、死にに戻るなど」

長い付き合いだが、アイヴァンは初めて『殿下』という敬称付きでミハイルを呼んだ。

その瞬間、ミハイルの中の何かが変わった。

「捨てた、わけじゃない。私には、その身分を名乗る資格がないんだ。だが――もう、潮時だな」

ソーンツァ帝国の皇子として国に戻るか。

エフォール国王を騙した詐欺師として死ぬか。

ミハイルは――。

第五章　逃避行

もし昨夜、サビーヌに言われるまま、彼女と一緒に行っていたら、ここで命の危機に晒されることはなかったのかもしれない。

主寝室の床に跪かされ、銃口を目の前にして……クロエはそんなことを考えていた。

母のこともそうだ。たとえ冷たい娘だと思われても、昨夜のうちに伯爵家に預ける算段をしていたら、こんなことに巻き込まずに済んだだろう。

いや、それより、ミハイルの恋人になることを承諾しなければよかったのか。

そもそも、クルティザンヌになろうとしなければ……。

(馬鹿ね、わたしったら。他に道なんてなかったじゃない。過去を悔いても始まらないわ。それに、ここで死ぬわけにはいかない。だって、わたしには……)

「いい加減にしないか、クロエ！　僕が撃たないと思ったら大間違いだ！　この銃は飾りじゃないぞ。ちゃんと弾も込めてあるんだからな！」

小銃をクロエに向けながら、苛立たしげに怒鳴っているのは――エフォール王国、ギョーム王太子だった。

蝋燭の弱々しい灯りの中とはいえ、こんなに近づいたのは初めてのこと。

夜会のとき、柔和に思えた顔つきは、すぐ近くで見るとだらしない印象を受ける。ふくよかな体形はどう見ても太り過ぎで、動きも機敏とは言いがたかった。

脅す相手がクロエのような女性でなければ、たとえ銃を持っていても勝てないのではないだろうか。

「わたしは……マダムから、国王陛下のためと言われて、ミハイル様のところへ行きました。ただ、それだけで、嘘はついていません」

ミハイルは武器商人などではなく詐欺師だと言われた。

新大陸でそれらしい肩書を名乗り、ミハイル・ヴィクトルという偽名を使ってエフォール王国に入国。周辺諸国からの重圧で武器開発に後れを取り、焦っていた我が国の弱点をついて国王を騙した大罪人である、と。

俄《にわか》には信じがたい話だ。

だが、ミハイルが売りつけた新型と称する速射砲と駐退機は、使い物にならないことが判明し、艦隊はホーリーランド海軍の攻撃に半数の船を失って撤退。東からはヴァルテンブルク陸軍がプルレ市に向かって侵攻しているという。

そして何より、ミハイルが姿を消してしまったことが一番の証拠だと言われた。

(詐欺師……ミハイル様が？　そんな……まさか……)

クロエは何ひとつ気づかず、国家の役に立っていると信じていた。

だが、そんな言い訳が通用するはずもない。

数名の兵士により、母から引き離された。そして、ミハイルと何度も愛し合った主寝室に連れて来られ、そこで待っていたのが王太子だった。

「この屋敷をひっくり返して探したのに、僕らから奪った金は出てこなかった。ヴィクトル商会とやらの事務所も同じだ。おまえが母親と隠れ住んでいた屋敷にもなかった。あれは僕らの金だ。絶対に返してもらうぞ！」

彼ら王族は、非常にまずい立場に追い込まれていた。

かつて内紛の末、絶対王政が崩壊し、立憲君主制により認められたのがユーグ国王だった。彼はホーリーランド王国と協力して北方の国まで攻め込み、勝利を収めたという。その当時、東に位置するヴァルテンブルクは小国の集まりにすぎず、敵にも味方にもなりえなかった。

それが、今度はそのホーリーランド王国が敵となり、格下に見ていたヴァルテンブルクと結託して攻め込んで来たというのだから、国同士の関係は難しい。

ただ、ミハイルから金を取り戻したい理由は、国民のためではなかった。

「国民なんかどうでもいい。どうせ、気に入らないことはすべて王族のせいにする連中だ。

僕らのいる場所がエフォール王国なのだよ。さあ、金をどこに隠した！　さっさと吐け!!」

それが自国の王太子の言葉と理解したとき、クロエは途方もない疲労感を覚えた。

子爵家――下級貴族とはいえ、貴族の娘としての教育はちゃんと受けて育った。王族に対する憧れや尊敬の念は、クルティザンヌになったあとも捨ててはいない。

だが、エフォール王族に残された手段は、亡命以外にはないだろう。

それには、一枚でも多くの金貨が必要になるというわけだ。

「おまえ、南エフォールに逃げるつもりだったと聞いたぞ」

その問いに、クロエの身体が竦む。

なんと答えたらいいのだろう。見当もつかず、ただ唇を噛みしめるだけだ。

「奴は、どの町に向かうと言った？　さあ、正直に吐け！」

ミハイルはひと足先に、南エフォールまで向かったのかもしれない。

海沿いの町〝ノルート〟か保養地の〝エシン〟、彼の口から聞いたのはこのふたつ。もしもそこでクロエと合流するつもりだとしたら？

クロエは口を閉じたまま、首を左右に振る。

直後、扉の外で人が争う声が聞こえ……扉が開くと同時に、ランドン医師が飛び込んできた。

「こりゃ、すみませんな、王太子殿下。こちらのお嬢さんの母親ですが、どうも、容体が思わしくないんでね」

「えっ⁉　お母様が、そんな……」

一瞬で目の前が真っ暗になる。だが、ここで倒れるわけにはいかない。

「ドクター・ランドン、それは本当ですか⁉」

「そうじゃ。朝まで持たんかもしれん。王太子殿下、母親の傍にいさせてやっちゃもらえませんかのぅ」

ランドン医師は手もみしながら、媚びるように王太子に頼んでくれる。

ところが、王太子は思わせぶりな口調で問い返してきた。

「ふーん、母親の傍にいたいのか？」

「はい、お願いいたします。どこへも逃げません。わたしは、国王陛下も王太子殿下も裏切ってなどいないのです。本当です。信じてください！」

このときとばかり、クロエは跪いたまま、必死になって訴えた。

王太子はそんなクロエの顎に手を置き、上を向かせながらニヤリと笑った。

「信じてやってもよいぞ。僕の質問に答えたら、母親の傍に行かせてやる。――あの男が逃げたのは南エフォールのなんという町だ？」

「……っ⁉」

「母親をひとりぼっちで死なせてもよいのか？　それともおまえは、母親より男を取るのか？　なんというひどい娘だ」

クロエは口を開きかけては閉じる、を繰り返す。

母の傍に行きたい。

しかしそれは、ミハイルの命と引き換えになるかもしれないのだ。

ドッドッドッ、心臓が耳のすぐ近くまで上がってきて、そこで鼓動を刻んでいるかのような感じさえする。

息を吸っても、吸っても、足りなくて……。

(ミハイル様は、ノルートにもエシンにもいないかもしれない。だったら、話しても平気よ。そうしたら、お母様の傍にいられる)

クロエはゆっくりと口を開く。

「ミハイル様は……ただ、旅行に行こう、と。他には……何も」

「クソッ！」

彼は王太子の身分に似つかわしくない言葉を吐き捨て、クロエから手を放した。

自由になったクロエは、震える両手を重ねて口元を覆う。

母を見捨ててしまった。自分に残された、たったひとりの家族である優しい母を。クロエを置いていなくなってしまった人のために……。

自分が最低の人間に思えてきて、涙が止まらなくなる。

すると、王太子は唐突にランドン医師を指差しながら言った。

「おい、そこの老いぼれ、おまえは医者だったな？」

ランドン医師がうなずくと、

「死にぞこないに引導を渡してこい！　どうせ娼婦の母親だ。始末してかまわん」

その恐ろしい命令に、クロエは王太子の足元に縋りついた。

「お待ちください！　本当に……あの方がどこにいるのか、わたしは知らないのです。わたしにできることなら、なんでもします！　だから、どうか、母を助けて……」

彼女の言葉を聞いたとたん、王太子の表情が変わった。

自らのために金を取り戻そうとする強欲な人間の顔から、美しい娘を見つけて淫猥な妄想にとりつかれた男の顔へと。

王太子は舌なめずりをするようにクロエの身体を見た。

「なんでもするのか？」

「……母に、手を出さないと、約束してくださるなら……」

掠れる声でクロエは答えた。

「約束してやってもいい。その粗末なドレスを脱ぎ捨て、裸になって僕に奉仕するなら。ほら、早くしろ」

悲しいかな、想定内の命令だった。

予想と違っているのは、開いたままの扉から複数の兵士が主寝室の中に入ってきていることだろうか。その中には、ランドン医師までいる。

だが、クロエに迷う時間はなかった。

幸か不幸か、今日のクロエは下働きの娘が着るようなショートドレスだ。釦も前にあり、あとは腰紐をほどくだけで、すぐに脱ぐことができる。

「何をモタモタしている!?」

クロエが震える指で釦を外し始めたとき、王太子の手が伸びてきて、ショートドレスの胸元を強引に引き裂いた。

「いやっ！」

胸元と腹部を押さえ、クロエが屈み込もうとしたとき、

「逆らうのか？　おまえのために手を貸してやったのだぞ。ありがたく思え」

そう言われては身体を隠すこともできない。

破れたドレスは腰紐をほどいたとたん、ストンと床に落ちた。ドレスに合わせた丈のシュミーズと膝を隠す程度のドロワーズだけになる。

そのシュミーズすら、王太子の手で脱がされてしまい――。

「隠すな！　さあ、手を下ろせ」

クロエの白い肌が蝋燭の灯りに浮かび上がった。

たわわに実ったふたつの果実が露になり、主寝室にいた男性の視線が集中する。

クルティザンヌは一夜を切り売りする娼婦とは違う。自分はサビーヌの後継者として、裏社交界に咲く、唯一無二の花となる。

なんと生温い覚悟で、ミハイルのもとを訪れたのだろう。

（コリンヌの言うとおりだわ。クルティザンヌもただの娼婦……ミハイル様がわたしに求めたのはこの躰と、詐欺の隠れ蓑にしたかっただけ……）

クロエは涙を拭って前を向く。

客を愛した娼婦の行く末など、ろくなものにはならない。それでも、ここで生きることを諦めるわけにはいかなかった。

「殿下……次は、いかがいたしましょう？」

クロエがほんの少し媚態を示すと、てきめん、王太子の表情が和らいだ。

『いざというときには、すべてを使ってでも生き延びるのよ』

サビーヌの言葉が脳裏をよぎる。

クロエにはもう、助けてくれる人はひとりもいない。

「それでこそ、サビーヌの後継者だな。性技は、あの詐欺師にたっぷり仕込まれたのだろう？　さて、味見させてもらおう……か」

王太子がクロエの胸に触れようとした瞬間――。

大きな爆発音が屋敷に轟《とどろ》いた。

「きゃあっ!?」

二階が落ちるのかと思うほどの衝撃に、クロエは悲鳴を上げずにはいられない。蝋燭が倒れて火が絨毯に燃え移り、近くにいた兵士が慌てて踏み消している。

それを見て、王太子はクロエ以上に慌てふためいた。

「なっ、なんだ？　何ごとだ？　て、敵兵が、攻めてきたのか!?」

手にしていた小銃を放り出し、兵士の後ろに隠れようとしているのだから、滑稽としか言えない。

そのとき、黒い外套を纏った兵士が、主寝室に飛び込んできた。

先ほどの爆発に巻き込まれたのか、兵士は額から血を流し、頬は煤で汚れている。

「王太子殿下に申し上げます！　屋敷の正門が爆破されました。爆薬はこの屋敷内にも仕掛けられているやもしれません。速やかに裏門から撤退し、ヴァシュラール王宮にお戻りください！」

兵士はよく通る声を張り上げた。

クロエはその声を聞いたとたん、どうしようもなく泣いてしまいそうになる。理由はすぐにわかった。

この兵士の声は、ミハイルの声とよく似ている。

(いいえ、違うわ。この兵士さんは黒髪……それに、ミハイル様が戻って来てくださるはずがないもの)

今の自分は、きっと少しでも似ていたら、ミハイルの声かも、と思ってしまうに違いない。

クロエは自分で自分を納得させようとした。

「そ、そうか、わ、わかった。では、この女も」

「女は足手まといにしかなりません！　娼婦のひとりやふたり、殿下ならどこでも調達できます」

「それはそうだが……この女は詐欺師の行方を……」

「ヴィクトル商会が手配した馬車が判明しました。御者によると、行き先は保養地で名高いエシンの町とのこと」

クロエは頭の中が真っ白になりそうだった。

罪を犯して逃げる算段をするときに、社名で馬車を調達するなど、迂闊も過ぎるというものだろう。

(でも、ミハイル様に限って……そんな失敗をするかしら？)

だが、しないと言いきれるほど、クロエは彼のことを知らなかった。

「そうか！　では、この女は」

「母親とそこの医者ともども、後始末はお任せください。殿下には一刻も早く、この屋敷からお出になっていただかなくては」

兵士がそこまで言ったとき、二度目の爆発音が聞こえた。

最初のときほど大きくはないが、階下がいっそう騒がしくなった。

「わ、わかった。おい、おまえ、戻ったらたっぷり褒美を取らそう。よくやった！」

そう叫ぶと王太子はクロエのことなど一瞥もせず、大勢の兵士に守られながら逃げ出したのだった。


王太子がいなくなり、クロエはホッと安堵の息を吐く。

（ああ、でもちょっと待って、助かったわけじゃないんだわ。『後始末』ということは、この人はわたしたちを）

爆発音も気になるし、『後始末』の意味も確認するのも恐ろしい。何より、見知らぬ兵士の前でドロワーズ一枚というのは、心細いことこの上なかった。

どちらにせよ、クロエの戦いは終わりではないのだ。

「あの……」

ビクビクしながらクロエが口を開いたときだった。兵士はなぜか、ランドン医師に向かって声をかけた。

「ドクター・ランドン、連中は行ったか？」

「ああ、飛んで逃げて行ったぞ。さすが、一国の王相手に大博打を打つだけのことはある。見事なもんじゃ」

ランドン医師の返事を聞き、クロエはあらためて兵士の顔を見ようとして……。

直後、漆黒の外套に全身を包まれていた。

「無茶が過ぎる。それとも、さすがクルティザンヌ、と褒めればいいのか？」

「……ミハイル、さ、ま？」

血と煤で汚れた顔は、蝋燭の灯りすらないこの状況では、どれほど目を凝らしても判断がつかない。これまで目印となっていた銀の髪も、黒髪に変わってしまっている。

ただ、こちらを見下ろす瞳だけは、熱い思いが溢れて見えたが……きっと、クロエの勘違いだろう。

「ミハイル様……本物、ですか？」

「さて、どうかな？」

困ったような笑みは、まさしくミハイルの笑い方だった。

クロエは堪えきれなくなる。

「よかった……あなたが、ご無事で……本当によかった」

ミハイルの首に手を回し、力いっぱい抱きついた。

尋ねたいことはたくさんある。王太子の言ったとおり、武器商人ではなく詐欺師なのか。詐欺をごまかすために、クロエのことを利用したのか。プルレ市から逃げたのであれば、どうして戻って来たのか。

だがそれ以上に、ミハイルが無事なこと、もう一度会えたこと、このふたつを神に感謝するほうが先だろう。

「ああ、でも、額に血が……すぐに手当てを」

「クロエ……どうして君は……。いや、これは私の血じゃない。怪我はしてないから、とにかく、詳しい話はあとだ。ここから逃げるぞ」

言うなり、ミハイルは彼女を横抱きにした。

焦ったのはクロエのほうだ。ミハイルに恥をかかせる気はないが、膝に負担をかけさせることはもっとしたくない。

「大丈夫です。わたし、自分で歩けますから」

「馬鹿を言うな。外套の下は裸も同然なんだぞ。今は着替えに割く時間もない。いいから、ジッとしていなさい」

強く命令されたら、ミハイルが相手では逆らえない。

だが、クロエはもっと大事なことを思い出した。

「お母様が……お母様の容体が思わしくないと、ドクター・ランドンが……お母様を置いては行けません！　それだけは……」

「落ちつけ。君の母上は無事だ。見張りを減らすために、ドクターにひと芝居打ってもらったんだ」

ミハイルの言葉を聞き、クロエの動きはピタッと止まった。

「ひと、芝居？　それは、あの」

「すまんのぉ、お嬢さん。母御は熱も下がって、ひとまず落ちついておる。先に連れ出してもらっとるから、安心しなさい」

それを聞きホッとした瞬間、クロエの瞳から大粒の涙が溢れ出した。


ミハイルは以前から、ふたりのことをランドン医師に頼んでいたという。

万が一、クロエたちが南エフォールに出発しなかった場合、継続してふたりのことを見守るよう言い残していた。

そして、国王の手先がふたりを捕まえようとしたとき、郊外の屋敷ではなく、ロメーヌ川の近くに建つヴィクトル邸に監禁されるようにしてくれ、と指示したらしい。

だからこそ、ランドン医師はクロエの居所を話すフリをして、クロエの母をヴィクトル邸まで連れて行ってもらえるよう兵士たちを誘導したのだ。

たしかに、クロエの居場所がわかっていなくては、ここまで見事に王太子たちを追い払えなかっただろう。

屋敷の外に出るまでの間に、クロエはランドン医師から経緯を説明してもらった。

『この御仁は悪知恵がよく回ってな。兵士らがおまえさんらを捕まえに来たら、国王の密命を受けとると言えと教わったんじゃ』

国王自らが、クロエを捕らえに出てくるわけがない。

乗り込んで来たのが下っ端の兵士であれば、それだけでランドン医師に任せて引き揚げる可能性もある、と。

実際はそれほど思いどおりにはいかなかったが、九割方上手く運んだのだから、ミハイルの作戦勝ちと言えるだろう。

そしてランドン医師にコリンヌのことを尋ねると、『コリンヌ？　ああ、あの街娼なら、兵士に追い払われて出て行ったぞ』と教えてくれた。

クロエはコリンヌを巻き込まずに済んだことを知り、胸を撫で下ろした。

そして、クロエの母が先に乗せられていたのは馬車ではなく、なんと舟だった。

ロメーヌ川を河口まで下っていくと、船の出入りがこの国で一番多い、港町ジェップにたどり着く。

今日の早朝まで、ミハイルはその町にいたのだという。

舟は小さな手漕《てこ》ぎの木舟だった。申し訳程度の屋根がついており、すでに櫂《かい》を手にした船頭も乗り込んでいた。

舟の大きさに不安はあるものの、これでプルレ市を脱出することができるなら……。

クロエが舟に気を取られていると、とんでもない説明が聞こえてきた。

「これは、極秘で罪人を運ぶための舟ですよ。――またお会いしましたね、クロエ様」

「アイヴァン殿！」

彼はいつも、街で働く青年風の装いをしていたはずだ。

それがまさか、革のゲートルを脛に巻き、フリジア帽をかぶるという農夫の装いで、目の前に現れるとは思わない。

「ご覧のとおりの小さな舟です。大人なら三人が限界でしょう。どうするおつもりですか、ミシェル殿？」

「ミシェル？」

クロエが首を傾げると、ミハイルが説明してくれた。

「エフォール王国憲兵隊の制服を着た黒髪の男が、国王を騙した詐欺師と同じ名前ではまずいだろう？」

ミハイルの口から『詐欺師』と聞くのはどうにも心苦しい。

彼の罪を咎めるべきかもしれない。しかし逆に、彼がただの詐欺師であるなら、国家を巻き込んだ戦乱など個人の力で起こせるはずがなかった。

エフォール王国に戦乱を招き、プルレ市民を混乱に陥れているのは、やはり国王に責任がある、というほかはない。

そんなことより、三人が限界の舟を前にして、五人の人間がいることのほうが問題だ。

「アイヴァン、おまえはクロエの母上とランドン医師をこの舟で運んでくれ。私とクロエは陸路で海に出る。そっちは任せるぞ」

「ご存じかと思いますが、ジェップに向かう道はもう通れませんよ。我々が強行突破しましたからね」

「ああ。ヴァルテンブルクの国境ギリギリになるが、シアラの港に向かう。ここからの距離なら、ジェップとそう変わらん。だが、そっちとは一日、いや二日は遅れるだろう。その目算でシアラに船を回してくれ」

商船をはじめとした民間船の出入りが多いジェップの港に比べて、シアラは軍港と呼ぶほうがふさわしい。

しかも彼の言うとおり、すぐ近くにヴァルテンブルク連合国との国境がある。

加えて、島国ホーリーランド王国とは海峡を挟んで睨み合う位置だった。

クロエの中で不安が大きくなり始めたとき、舟の中から母の声が聞こえてきた。

「クロエ……そこにいるのは、クロエなの？　ああ、よかった。あなたが無事で……本当によかった」

　ミハイルもその声に気づいたらしい。

　アイヴァンと入れ替わるように、ミハイルは彼女を抱いたまま、舟の中に入っていった。

　床には藁《わら》が敷かれ、母はその上に横たわっていた。顔は青ざめて見えるが、今すぐ命を落としそうなほど弱ってはいないことがわかる。

　クロエも床に座り込み、母の手を取った。

「お母様も、ご無事でよかった。容体が思わしくないと聞いたときは……わたし……」

　嬉しさと後ろめたさにクロエの声は震える。

「ええ、そちらの赤毛の船頭さんに助けていただきました。それで……こちら方が、あなたの言っていたミハイル様なのね」

　母はクロエの背後にいるミハイルに目を向け、軽く会釈した。

　ミハイルは今もクロエの身体を支えており、ふたりが親密な男女の仲であることは、一目瞭然だろう。

　母の身分なら、夫以外の男性と人前で親密に振る舞うなど、許せないことのはずだ。

　クロエが紹介できずにいると、ミハイルのほうから話し始めた。

「はい。あなた方をこの事態に巻き込んだのは私です。責任を持って、安全な場所までお連れします」

プルレ市を抜けるまでは、橋の検問所で止められるかもしれないが、伝染病に罹《かか》った罪人を国に送り返す、という書状を用意してあるという。

小さな舟だが、その点も心配はいらない。

かつてはヴァイキングが遡ってきて、川沿いの町で略奪を繰り返したほど、ロメーヌ川の流れは穏やかだ。

その説明に、母だけでなくクロエの気持ちも落ちついてきた。

「ありがとうございます。でも、私のことより、娘を……クロエをどうか……」

「はい。必ず」

ミハイルの真意はわからない。

だが、こうして助けに来てくれたのは事実で、母のことも救ってくれようとしている。

舟から離れるとき、ランドン医師がクロエの傍でこっそりとささやいた。

「無理はせんように。気をつけて行くんじゃよ」

「わかりました。ドクターもご無事で。母のこと、よろしくお願いします」

ミハイルの言うとおりなら、川を下る母たちは安全だ。しかし陸路は、危険が待ち構えているように思う。

もし、そうなった場合、これが永遠の別れになるかもしれない。

クロエは万感の思いで、岸から離れていく舟を見送った。

☆　☆　☆

「まさか……ここに、連れて来られるなんて」

クロエはそれ以上、言葉が出てこない。

舟が見えなくなってすぐ、ヴィクトル邸に四回目の爆発が起きた。直後、大きな炎が上がり、あっという間に屋敷は炎に包まれる。

何回目かの爆発で燃え移った火の消火が追いつかなかったようだ。

短い時間ではあったが、彼と過ごした思い出の屋敷が燃えてしまう。そのことに、クロエは大きく動揺した。

だが、ミハイルは泰然《たいぜん》としたまま、

『屋敷が盛大に燃えてくれたおかげで、我々の逃げる隙ができた』

そう口にしたのだ。

そして彼は、一頭の馬を調達してきたのである。

『馬車は目立つし、いざというときにスピードで負ける。落ちないよう、しっかり摑まってなさい』

クロエも貴族令嬢のたしなみとして、乗馬を習ったことがある。得意ではないが、それこそ『いざというとき』がくれば、彼女自身が手綱を握ることもやぶさかではない。

クロエはその気持ちを率直に伝える。

『それは頼もしい。この、役立たずの右脚が音を上げたら、君に助けてもらうとしよう』

そのときのミハイルの態度は、以前とは少し違って見えた。クロエとの間に、距離を取っているように感じる。

しかし、それを尋ねている時間はない。

闇の中、彼は人目を避けて疾走した。それは、とても市街地を走っているとは思えない速さだ。

どこをどう通り抜けたのか、目的の場所に到着したとき、馬は倒れそうなくらい荒い息をしており、クロエは急いで水を飲ませたほどだった。

クロエ自身は、ずっと彼の膝の上に載せられていたので身体はつらくない。

だが、見覚えのある高い塀を目にしたとき、そんなはずはない、という言葉が、頭の中をグルグルと回っていた。

「どうした？　ここで過ごしたこともあるんだろう？」

「は……い。二年間、マダムのお世話になったので……」

そこはサビーヌの屋敷だった。

彼女がサロンを開催していた市の中心部にある屋敷……ではなく、国王との逢瀬に使っていた、贅を尽くした屋敷のほうだ。

しかもここは、ヴァシュラール王宮の目と鼻の先にある。

マダムから様々なことを教わった二年間、何度となくこの屋敷で過ごした。

国王が訪れるときは立ち入りを禁じられたが、それ以外のときは、自由な出入りを許されていたためだ。

厳重に閉じられていたはずの裏木戸を、ミハイルはいとも簡単に開ける。

そしてクロエが馬に水を飲ませている間に、裏口の扉の鍵まで開けてしまった。

馬の横にやって来て顔を洗い始めた彼に、クロエは尋ねた。

「どうして、そんな、簡単に？」

彼が詐欺師であることは、どうやら間違いないらしい。

だが、詐欺と泥棒の技術は別のものだと思うのだが……。

「私の特技は人を騙すことだけじゃない。爆薬の扱いと錠前破り、あと、縄抜けも得意だ」

「そ、それは……捕まっても、いろいろと安心ですね」

褒めるところではないのかもしれないが、他には思いつかない。

クロエが返事をしたのは、ちょうど裏口から屋敷の中に入ったところでだった。すると、ミハイルは身体をふたつに折って笑い始めた。

「わ、笑わないでください。わたしだって、いろいろと混乱してるんです！」

「ああ、悪い悪い。私も同じだ。君の態度に混乱している。いい加減、気づいているんだろう？」

それは核心をついた問いかけに思えて、クロエは外套の前を掻き合わせた。

「国王陛下や政府の人たちを欺くために、わたしに……クルティザンヌに夢中になっているフリをした、ということですか？」

「そうだ。君を利用した。おかげで、たっぷり稼がせてもらったよ」

ああ、やっぱり、という思いが胸に込み上げる。

いくらわかっていても、真実として突きつけられてしまったら、もうごまかせなくなってしまう。

それでも『嘘つき』『騙された』とは思えない。

彼が武器商人であっても、詐欺師であっても、クロエに向けられた優しさや笑顔は本物だった。

もちろん、ミハイルにとって、ではなく、クロエにとって。

「それは……よかったです。あなたを幸せにできたなら、お役に立てて……本当に、よかった」

彼を見上げて、静かに微笑む。

それは心からの言葉だったが、ほんの少し、強がりが混じっていた。

「でも、それならどうして、ミハイル様は戻って来てくださったの？　守らなければならないご家族が……っ」

直後、荒々しく抱きしめられた。

ミハイルはいつもクロエのことを子供扱いする。だが十六歳も離れているのだから、仕方のないことだと思ってきた。

むしろ、どんなときも余裕をなくさない彼に、憧れに尊敬を加えて、恋い焦がれてきたと言ってもいい。

だが、今の彼からはその余裕が消え去っていた。

「ミ、ミハイル、さ……ま」

「どうして？　どうして、だと!?　そんなものは……決まっている」

呻くように答えると同時に、ミハイルは唇を重ねてきた。

息もできないほど口づけられ、クロエは眩暈を感じて立っていられなくなる。

「クロエ……いいか、わかっていないようだからはっきり言おう。君が愛しいなんて、全部嘘っぱちだ。私は誰も愛さない。そんな純粋な思いは……遥か昔に火薬とともに吹き飛んだ。ただ、君の躰が欲しい――それだけだ」

彼は、自分にもたれかかってきたクロエのお尻の辺りに手を回すと、そのまま真上に抱え上げた。

あっと思ったときには、床からつま先が離れ、縦に抱き上げられた状態では上半身がぐらつきそうになり、クロエは慌てて彼の首に手を回した。

「すぐに抱きたい。寝室は二階か？」

熱に浮かされたような、掠れた声だった。

(馬鹿にしないで、わたしはもう、あなたのクルティザンヌじゃないんだから……って、言い返さなきゃダメなのに)

この仕事に、愛なんてあるはずがない。

純粋な愛情を捧げられているように見えたサビーヌでさえ、国王自身が窮地に陥れば、あっさりと捨てられた。

いや、サビーヌのほうはこの国すら見限ったのだから、お互い様かもしれない。

この世界は嘘と打算だらけだ。純粋な思い、愛情など、いったいどこにあるというのだろう？

クロエは少しだけ身体を起こすと、彼の頬を両手で挟み、自分からキスをした。

ミハイルは足を止め、彼女のキスに応えてくれる。

「エントランスに向かって、階段の下を通り抜けたら……一階の奥にも、客用の寝室があります」

クロエはこのとき、見つからない愛情を探すより、自分の中にある、たしかな愛情に従った。


サビーヌがいたときより、ずいぶんガランとしている。

裏口の廊下はかなり狭い。そこを抜けると、空洞のようなエントランスに出た。そのまま階段下を通り抜け、広間を横切った先にあるのが客用の寝室だった。

そこは、クロエが泊まるときに使わせてもらった部屋だ。

そのころに比べて、家具や暖炉の上にうっすらと埃が積もっている。だが、使えないほどひどくはない。

クロエは外套を剝ぎ取られ、あっという間にドロワーズ一枚の姿にされた。

すると、ミハイルはベッドにクロエを寝かせ、上から毛布や厚手のカバーをかけ始める。

「身体が冷たいぞ。寒いんじゃないのか？　すぐに温めてやる」

ずっと抱きしめられていたので感じなかった。だけど、こうして上質の毛織の毛布に包まると、手足の先がやけに冷たく感じる。

クロエはベッドの中で小さく丸まった。

そのとき、毛布が捲られ、脚を撫でさするようにして、ミハイルがベッドの中に潜り込んできた。

温かい手で足先をさすられ、数時間前には考えられなかったほど幸せに思える。

ミハイルは少しずつ、ずり上がってきて……後ろからピッタリ重なるように彼女を抱きしめてくれたのだった。

ミハイルの鼓動がクロエの背中に伝わり、その熱がじわじわと全身に広がっていく。命を分け与えてもらっているような、まるで生き返った気分だ。

「どうだ？　少しは温かくなったか？」

彼は大きな手で、クロエの手を包み込みながら尋ねた。

「はい。ミハイル様って、湯たんぽみたいに温かいんだもの」

「こうして抱くのは、約二週間ぶりだからな。それだけじゃなく、君の身体が冷えているから、よけいに温かく感じるんだ」

彼の言葉遣いが、わずかに変わった気がする。

再会して感じていた距離が縮まっていくようで、クロエの心は少しだけ軽くなった。

嬉しくて、つい、フフッと声に出して笑ってしまう。

そのとき、ミハイルの手が胸の辺りに移った。

「あ……やっ、あ……んっ」

やわやわと揉んだあと、胸の先端を指で掠め、チョンと弾いた。そしてまた、焦らすような動きで揉み始める。

「何がおかしい？　王太子にも、こうやって触らせたのか？」

答えるより先に、クロエは首を横に振った。

「王太子殿下が、触れる寸前……爆発音が聞こえたの。まるで、見ていたみたいに」

「なるほど、その手の直感は女だけでなく男にもあるんだな。自分のものを奪われそうになったときに働くらしい」

ミハイルにとって、クロエは『自分のもの』なのだろうか？

それは切ないような、嬉しいような、不思議な気分だ。

「本当に、どこも触られなかったのか？」

「ええ、もちろ……んっ、あっ……やぁっ」

彼の手はドロワーズの紐をほどき、クロエから最後の一枚を奪い取った。

「ここは？　ここも、奴に触らせてないか？」

無防備になった下半身に手を這わせ、絹糸のような茂みをかき分けながら、指を奥へと進めていく。

そして、敏感な部分をチョンチョンと突いたあと、指の腹で押し回した。

「やっ、あっ、やだ……やっ、ダメ、そんな、そんなふうに、しちゃ、ダメーッ！」

一連の愛撫は、クロエの最も弱いところをついたものだ。

彼女を一瞬で高みへと押し上げてしまう。その慣れた指使いに、クロエは下肢が溶けてしまいそうなほどだった。

そのとき、前から侵入してくる指とは違う、もっと太くて、ヌメリのある熱を臀部に感じた。

「ああ……ったく、この歳になって、こんなに女を抱きたくなるとは」

ミハイルの呟きが聞こえてくる。

それと同時に、甘く、それでいて荒々しい吐息が耳の奥に溶け込んできた。

彼の腰がユルユルと動き、灼熱の棒が割れ目に沿って、脚の間をなぞり始める。毛布の下からは、クチュ……グチュと淫らな音まで聞こえてきて……。

「あっ……はぁっん、あ、やっ、あぁ……ミハイル、ミハイルさ、ま……もう、わたし、もう……ぁんんっ」

軽く達《い》ったばかりなのに、我慢できなくなる。

「クッ！　自分の躰に、裏切られた気分だ」

その言葉とともに、ミハイルは肉塊を彼女の膣内《なか》に押し込んだ。

「あぅっ！」

ひと突きされ、クロエは頤を反らせる。

ふたりはもつれ合うように躰を繋げ、わずかな隙間すら作らないように、肌を擦り合わせていた。

ミハイルの唇を求め、懸命に振り返ってみる。

彼はそんなクロエの唇を指先でなぞったあと、舌を絡め合って、貪るように互いの唇を求めた。

「クロエ、脚を開くんだ。もっと、深く繋がりたい」

「え？　あ……でも」

躊躇《ちゅうちょ》した直後、太ももの裏に手を回された。

抵抗する間もなく強引に開かされて……ミハイルは繋がったまま、上半身を起こしたのだった。

マットレスが弾み、ベッドカバーだけでなく、毛布までずり落ちる。

その瞬間、クロエはミハイルとひとつに繋がったなまめかしい裸体を、ベッドの上に晒していた。

「あ……いや……こんな、格好」

今にも消えそうな声でクロエは呟く。

それもそうだろう。ミハイルに背後から貫かれているだけでなく、脚を開いて抱えられているのだ。

もし、正面に人がいれば、恥ずかしい場所まで見られてしまったことだろう。

「いや？　こんなに綺麗なのに？」

「そんな、綺麗だなんて……」

「君のここは、ピンクの薔薇のようだ。ぽってりとした花びらが、私の男根を呑み込んでいるのが見えるだろう？」

ミハイルの称賛が秘密の花園を示していることに気づき、クロエは横を向く。

とたんに、彼は何を思ったのか、真っ白なうなじに唇を押し当ててきた。

その場所に、ピリッとした痛みが走る。それを二度三度と繰り返され、ミハイルは次々と刻印を押していった。

「上気した肌が薄紅色に染まって、本当に美しい」

「もう……それ以上、言わないで」

ようよう口にするが、それだけでも恥ずかしくなってしまう。

「本当に？　いやらしいことを言うと、この奥がヒクヒクするんだ。気持ちよくて、つい口にしてしまう。君も、同じじゃないのか？」

男性を受け入れた場所が、どんなふうに変化しているのか、自分ではさっぱりわからな

い。そもそも、わかろうとしても無理に思える。

ただ、奥に感じるミハイルの昂りが、一向に萎《な》えそうにないことはわかった。

クロエが恥ずかしい思いをするたび、彼自身がビクンビクンと小刻みに痙攣し、膣襞を刺激してくる。

「ミハイル様……意地悪だわ。前は……もっと、優しかったのに」

「それは失礼。だが、私はこの程度の男だ。優しくなければ、紳士でもない。誠実さも持ち合わせてはいないし……幻滅しただろう？」

わざと『幻滅した』と言わせたいかのようだ。

彼はクロエが思っていたより、少年の心を持った男性なのかもしれない。

「い……え、それは、そんなことは、な……ぁ、はぁうっ」

脚を広げさせたまま、ミハイルの指先が淫芽を撫でた。

そのあまりの心地よさに、クロエの腰は跳ねるように動いてしまったのだ。ミハイルの指先は、彼女の中と外を一度に責め……次の瞬間、彼女の我慢は限界を超えた。

快感の波が襲ってくる。

透明な液体を噴き上げながら、クロエは絶頂の余韻に身を委ねた。

長い、長い、夢を見ていたようだ。

『クロエ……遅くなってすまない。心配をかけたね』

なぜか出会ったときと同じ格好をしたミハイルが突然現れ、クロエに笑いかける。

たしか、エンローヴの森でル・ヴォー男爵に襲われ、ミハイルが助けてくれた。クロエはミハイルに言われるまま、先に馬車で帰っただけだ。その夜の約束もしていたはずなのに、彼は戻ってこなかった。

その後、ミハイルの正体は武器商人などではなく、国王を騙した詐欺師である、と言われたのだ。

『ミハイル様？　わたし、変な夢を見たんです。あなたが詐欺師で、わたしは利用されていたんですって。賑やかだったモーパッサン大通りから人が消えて、銃剣を持った兵士ばかりになって……あれは、夢ですよね？』

湧き上がってくる不安を少しでも打ち消したくて、クロエは彼の返事を待たずにしゃべり続けた。

『そうそう、王太子殿下まで出てきたんですよ。遠目に見るより……そんなに、優しそうな方ではないのかもしれない。失礼ながら、いやらしい感じがして、ミハイル様を見つけてお金を取り戻すなんて……』

ミハイルの声が聞こえなくなり、クロエは怖くなって辺りを見回した。

そこは真っ暗な世界だった。どれほど目を凝らしても何も見えない。ミハイルどころか、人の気配すらなかった。

『ミハイル様？　ミハイル様？』

次の瞬間、目の前に伸びてきた手が、ドレスの胸元を引き裂いた。

『逆らうのか？』

『死にぞこないに引導を渡してこい！』

悪意に満ちた声が聞こえたとき、彼女の視界に、猥雑な笑みを浮かべるギョーム王太子の顔が飛び込んできた――。

「いやーっ！」

悲鳴を上げながら、クロエは目を覚ました。

どうしたことか、見覚えのない天蓋が見える。ベッドの上で手を伸ばすが、どうも彼女の記憶にあるベッドの倍はありそうだ。

（ここは、どこ？　いったい、何がどうなってるの？）

驚いて身体を起こすと、クロエは大きな部屋に置かれたベッドに寝かされていた。

暖炉には火が入っており、部屋の中は充分な灯りが点されている。おまけに、暖炉の近くには白い陶器製のバスタブまで置かれていた。

意外だったのは、そのバスタブにはすでに湯が張ってあったことだ。

(ああ……そうだわ。ここはマダムのお屋敷……ミハイル様が助けにきてくれて、わたしをここまで連れてきてくれたんだった)

そして、中に入るなり抱き上げられた。そのまま客用の寝室に飛び込み、クロエは気を失うまでミハイルに抱かれ……。

思い出すだけで頬が熱くなる。

「クロエ、どうした!?」

扉を開けて駆け込んできたのはミハイルだった。

髪は濡れて、ポタポタと雫を落としながら、でも見慣れた銀髪に戻っていた。

「ミハイル様!」

クロエが彼に向かって手を伸ばすと、ミハイルはベッドに駆け上がりしっかりと抱きしめてくれた。

「何があった?」

「王太子殿下が……ドクター・ランドンに、お母様を殺せと」

「それならもう大丈夫だ。ふたりを乗せた舟を見送っただろう？　アイヴァンは、愛想は悪いが優秀な男だ。多少のことがあっても切り抜ける」

「え、ええ、そうですね」

あのときのことを思い出すと、忘れられないことがもうひとつあった。

クロエが母の命より、ミハイルを選んでしまったことだ。それは、ミハイル本人にも言えない。

(きっと軽蔑されるわ。お母様のためって言いながら……)

クロエはとっさに話を逸らそうとする。

「あの、ところで……この部屋は、ひょっとしてマダムの？」

客用の寝室とは広さだけでなく、家具や内装、調度品の質が違う。クロエが肌を隠すために身体に巻いた毛布も極上の絹だった。

「ああ、そうだ。さすが、裏社交界に名を馳せた女帝の寝室だな。バスタブまですぐに用意できる寝室は、私も初めてだ」

ミハイルはにっこり笑うと、クロエから毛布を引き剝がした。

「何を、きゃあっ!?」

そして一気に彼女を抱き上げる。

「や、やだ……待って、ミハイル様、何を」

彼はクロエを抱いたままバスタブまで歩き、立ち止まった。

ゆっくりと下ろされ……丸みを帯びた臀部にお湯の温もりを感じた直後、彼女の下半身はお湯の中に沈んでいた。

「これなら、身体の芯まで温まる」

「ど、どうして、こんな……大変だったでしょう？」

入浴の準備は、下働きの者でも嫌がる仕事だ。それも据え置きではなく、この部屋にあるような旧式のバスタブならなおさらだろう。

通常、お屋敷の中でお湯を沸かすことができるのは厨房のみ。その厨房はたいてい一階にあり、そこから二階までこぼさないようにお湯を運ぶ。それを十回以上繰り返すのだから、喜んでやろうとする人間はまずいない。

「ミハイル様に暖炉の火が熾《おこ》せたなんて……。でも、暖炉に火を入れてしまったら、煙が出てしまうんじゃありませんか？　ここに人がいるって、知られてしまうわ。それに、まだ、夜は明けてないんでしょう？　灯りを点けたら、外に洩れてしまって」

「まあ待て。落ちつけ、クロエ」

「落ちついてなんて……」

言い返そうとしたとき、強引に唇を塞がれた。

ミハイルは湯の中に手を入れ、クロエの肌を優しく撫で回す。それは触れるか触れないかというくらいの触り方で、妙にくすぐったい。

「いい湯加減だ。私も一緒に入るぞ」

「え？　え……あの、きゃっ」

言うなり、彼は軽く羽織っただけのリネンのシャツを脱ぎ捨てた。下に穿いている憲兵から拝借したらしいズボンも脱ぐと、そそくさとバスタブの中に入ってくる。

クロエのちょうど向かい側に腰を下ろすと、彼は手を上げて伸びをした。

「うーん、久しぶりだな。こんなに、ゆったりした気分は」

ゆったりした気分に浸っていていいのだろうか？

この国の政府からはお尋ね者として追われ、国王や王太子には命を狙われ、しかも決して味方とは言えない異国の武装兵にまで取り囲まれている。

まさに四面楚歌という状況だ。

そんな中、ミハイルはこれまでで一番解放されたような顔で笑っている。

「ミハイル様は、本当はそんな顔で笑うんですね。王宮で、国賓として笑っていらしたときとは、別人みたい」

侍女の前では、笑うことすらなかったと聞く。

ジッとみつめるクロエの視線に、彼の笑顔は照れ笑いに変わった。

「こういうときの男の顔は見るな、そう教えたはずなんだがな」

「あのときとは、違うと思います」

クロエが言い返すと、ミハイルは濡れた手で髪をかき上げた。

「まあいい。──私は十八で国を出て、いろんなことをして生きてきた。炭火を熾すくらいわけないいし、薪割りから窓ふき人夫までやった。湯を沸かして運ぶのも朝飯前だ」

「ミハイル様が？」

サビーヌは彼のことを『国内の誰よりお金持ち』と言っていた。

事実、ミハイルがクロエのために使ったお金は、半端な金額ではなかったはずだ。

「暖炉の件だが……この屋敷の中でこの部屋だけ、煙突の上から煙が出ない仕組みになっている。横穴があって、上手く煙を散らしているんだ」

ミハイルの説明にクロエは唖然とする。

彼曰く、この部屋は、不測の事態でも数日間は隠れていられるように、という目的で作られたものらしい。高い塀も理由は同じ。窓から洩れる灯りが外の人間には見えない造りになっているという。

国王の避難用だったのかもしれない。

それが、サビーヌとの仲が思いのほか早く破綻したため、有効に使われなかった可能性が高い。

そんなことより気になるのは、そういった事情をミハイルが知っていることだ。

「今朝早く、ジェップの町でマダムと会ったんだ。君が馬車で南エフォールに向かったと確認したかった。そうでなかったら、この事態は容易に想像できたからな」

「マダムは、わたしも一緒に、と言ってくださったんです。でも……」

「ああ、聞いた。彼女は私の顔を見るなり、まだこの国にいたのか、と。わかっていたら、君も連れ出せたのに――そんなふうに言われた」

サビーヌはミハイルにこの屋敷の鍵を押しつけ、こう言ったという。

『金持ちの貴族令嬢が、いきなり文無し宿無しになったのよ。流されて堕ちていってもおかしくないわ。でも、あの子は自分で立つことを選んだ。素晴らしいクルティザンヌになれると思ったのに……あの、お馬鹿な王太子を恋人にしていたら、ね』

ミハイルが横から奪い取ったりしなければ。だから、責任はミハイルにある――彼の耳にはそんなふうに聞こえたようだ。

事実上の戒厳令下にあるプルレ市に戻ろうとするのは、相当な危険を伴う。

だが、もし戻るとしたら……サビーヌの屋敷なら数日は過ごせるだろう。煙突の細工や塀の高さだけでなく、いざというときの食糧や炭の備蓄もある。

そんなことを付け足しながら、サビーヌは最後に、独り言のように呟いたという。

『もしも、よ。夢のようなことを想像してみただけ。わかっていますもの。女のために命を懸ける騎士は、物語の中にしか存在しないって』

男性に夢は見せても、自らが夢に溺れることはない。それが、クロエの知っているサビーヌという女性だ。

「マダムは、国王陛下が頼ってきたら、この屋敷で匿《かくま》うつもりだったのかもしれないわ。だから、そのための細工をして……」

「どうだろうな」

ミハイルは突き放すように呟いたきり、黙り込んだ。

ひとりで入っていたとき、バスタブのお湯は腰を隠す程度だった。それがふたりになったとたん、一気に胸の辺りまでせり上がってきている。

サビーヌと国王の話になったことで、空気が重くなってしまった。それを一掃するように、クロエは明るいトーンで話しかけた。

「あの、十八で国を出たって……それは、火薬とともに吹き飛んだっていう純粋な思いと、関係がありますか？」

クロエの質問にミハイルは目を見開く。

「驚いた。あんな熱烈なキスの最中に、うっかり口走ったことを覚えていたとは」

「そっ、それは……ミハイル様が、ご自分のことを話してくれるなんて、めったになかったから」

彼がいなくなったことで、あらためて、何も聞かされていないことを思い知った。

ミハイルは、クロエの躰を抱きたくて戻ってきた、と言う。だが、彼のことだ。きっと別のところに、想像もできないような事情があるのだろう。

それでもいい。

それでも、少しでもミハイルのことを知りたいと思った。

ジッとみつめていると、彼は降参したようにバスタブの縁に手を置いた。

「北にあるソーンツァ帝国を知っているか？」

ミハイルの言葉に少し考えてうなずく。

十年以上前、クロエがまだほんの子供のころ、即位したばかりで勢いに乗っていたユーグ国王が隣国とともに攻め込んだ国――それがソーンツァ帝国だったと記憶している。

ミハイルはもちろんのこと、アイヴァンもその国の出身だと教えてくれた。

「家は――そうだな、裕福だった。家族仲もよくて……恵まれた家庭で育った。その点は、君と同じだな」

「そう、ですね」

だが、クロエの恵まれた家庭は壊れてしまった。

「ひょっとして、ミハイル様のご家庭も？」

「ああ、壊したのは私だ。私の父は城に――城で、働いていた。だから、彼女は私に近づいてきたんだ」

十八歳のミハイルが愛した女性――。

彼女は優雅な笑みを浮かべながら、ソーンツァ帝国の皇后殺害という、恐ろしいことをやってのけた。

「まんまと騙され……結果、大事な家族に絶望を味わわせた。大量の火薬で私自身が吹き飛ばされたことなんか、それに比べたら小さなことだ」

ミハイルは、隠すように沈めていた右膝を立てた。

クロエはこのとき初めて、彼の傷痕を目にした。右脚の外側、膝からふくらはぎまで一直線の傷があり、その周囲は焼け爛れたようになっていた。

それはあまりにも痛々しくて、直視するのも憚《はばか》られる。

その女性は、純粋な青年に蕩けるような快楽を与えて……真実の愛と思い込ませた挙げ句、目的遂行のために利用した。

クロエはハッとして息を呑んだ。

(それって……わたしも、躰の悦びを教えられて、本気で彼のことを愛して……)

他人事ではない気がして、クロエの鼓動は早鐘を打ち始める。

「そういうことだ。私は君に同じことをして、復讐したんだ」

何も尋ねていないのに、ミハイルは自分から認めた。

「ど、どうして？　どうして、わたしなんですか？」

なぜ、復讐の相手がクロエなのだろう？

その理由に全く心当たりがない。だが、なくて当然だった。

「彼女は、美しい金色の髪をした、エフォールから来た女性だった。そして、ユーグ国王のために働く――娼婦だったんだ」

その答えを聞いた瞬間、バスタブのお湯が水に変わったようだった。

ミハイルが詐欺行為を働いてまで、国王から大金を奪った理由がわかった。彼はきっと、十七年もの間、国王を失墜させるために生きてきたのだろう。

自分はほんの少しも愛されてはいなかった。

それどころか、クロエも復讐の対象だったのだ。

(当然……だわ。憎い相手とそっくりの女なんて……。それに、わたしだって、国王陛下のため、国家の役に立つために、彼に取り入ろうとした……娼婦なんだから)

もはや、自分はただの娼婦ではない、と取り繕うこともできず、クロエは両手で自分の身体をギュッと抱きしめた。

そのとき――ミハイルは手を伸ばして、バスタブの横に置いた真鍮《しんちゅう》製のケトルを持ち上げた。

「クロエ、私のほうに寄りなさい」

動けずにいるクロエの腕を摑み、彼のほうに抱き寄せたあと、ゆっくりと、バスタブの中に熱いお湯を注ぎ足した。

「これでわかっただろう？　私は最低の悪党だ。こうして助けたのも、別の目的があると思ったほうがいい」

「別の……目的？　わたしが抱きたかったから、ではなくて？」

「さあ、どうかな」

彼は、クロエのほうを見ずに答える。

「どちらにせよ、シアラの港でお別れだ。君の損にはならないよう、金は用意してやる」

このとき、クロエの頭の中に、いつかのアイヴァンの言葉が流れた。

『運命なんてもので人生を決めるなんて、愚の骨頂だ』

（ええ、本当に。運命なんて……運命なんて）

『運命は人が作るんですよ。望むとおりに、組み立て、利用し、破壊する』

ミハイルは運命に操られる側から、操る側に回った。

何もかも壊されたのだから、今度は人を利用して、破壊し尽くしたら……そうすれば、ミハイルの心は晴れるのだろうか？

そして次は、クロエが銀色の髪をした裕福な男性を見つけ、破滅させるまで追い詰める。

いや、それよりもっと復讐にふさわしいのは、ミハイル本人を夢中にさせ、十七年前以上の苦しみを与えること。

（何年も、彼を恨み続けるの？　そんなこと……できない。わたしは、したくない）

冷めかけたバスタブのお湯に、新たに加えた熱湯が混ざっていく。それはたしかに、クロエを生き返らせてくれた温もりだった。

ほんの少し腰を浮かせ、クロエは彼の太ももの上に座った。

「クロエ!?」

驚いてこちらを見た彼の頬を両手で挟み、素早く口づける。

「王太子殿下は、自分のいる場所がエフォール王国だと言ってました。でも、そうじゃない。わたしたち国民に、そんな王族はいりません。だから、あなたが国王陛下を失脚させても、それ以外に目的があったとしても、わたしは平気よ」

「私に利用されてもいい、と言うのか?」

「はい。ミハイル様が武器商人でも、詐欺師でも、最低の悪党でも……それでも、あなたを愛しています」

ミハイルに会えなくなったとき、もう一度会いたいと願った。

だが、それが叶わないときは、どうか彼が無事でいますように、と。クロエの願いはそれだけだった。

灰褐色の瞳が彼女の瞳をみつめる。

その二秒後――彼は襲いかかるように唇を重ねてきた。

「ぁ……ふ、んぁ、っん」

ふたりの唇の隙間から、意味をなさない声がこぼれてくる。

クロエの蜂蜜色の髪がお湯の中で揺らいでいた。たくさんの人に――ミハイルにも褒められ、自慢に思っていた髪が今は疎ましい。

大きな手が背中に回され、抱きしめる力がしだいに強くなっていく。

唇をこじ開けて挿入された舌は、クロエの口腔で激しく暴れ回った。あまりの荒々しさに、食べられてしまうかと思ったくらいだ。

お湯の中で軽く持ち上げられ、フワッと浮かんだようになって、クロエは彼の下半身を跨いでいた。

雄々しくそそり勃ったものが下腹部に当たる。

それも、彼が小さく腰を揺するたびに、敏感な部分を刺激して……。

「やっ……これ、ダメェ、ミ……ハイルさ、まぁ」

パシャン、パシャンと水音が聞こえ、バスタブの縁から溢れていく。

離れているとわからないが、暖炉の火に照らし出された中で見ると、銀色の毛先がところどころ黒ずんでいた。

「ああ、まだ、黒いか？　靴墨で染めるんだ。黒髪のときは、エフォール人のミシェルだ。人前では、君もそう呼んでくれ」

「……ミシェル？」

クロエは小さな声でささやいてみる。

「今は、人前じゃないぞ」

それはクロエをからかう口調だった。

「もうっ！　ミハイル様った、らぁ……あぁんっ」

彼はおもむろにクロエの腰を掴み、昂りの先端で秘所を嬲り始めた。突いたり、前後に動かしながらこすったり、ほんの少しだけ蜜窟に挿入したり……。

「このヌルヌルは、お湯じゃないだろう？　私と離れていた間、他の男に……ここを慰めてもらっていたんじゃないか？」

「そん、そんな……こと、しません」

浅い部分を刺激され、ヌメリは増す一方だ。

「自分を騙した男を愛してるだって？　冗談にもほどがある。そんなこと、信じられるわけがない」

「でも……でも、わたし、は……っ、あ、あ、あんっ！」

言い返す間もなかった。

彼の硬く張り詰めた欲棒で、蜜壁を穿たれる。バスタブのお湯はさっき以上に波打ち、脚部分の軋む音まで聞こえてきた。

「ミハイル様……ミハイル、さ……ま、バスタブが、壊れて……しまい、そうで……あっ、やっ、ああっ！」

彼はギリギリまで引き抜き、蜜窟の底を激しく突いた。

我慢できずにクロエが抱きつくと、彼もしっかりと抱き留めてくれたのだった。

ミハイルの胸に抱かれていることが嬉しい。ひとつになって、しっかりと結びついていることが幸せで堪らない。

この胸に愛があるだけで、どんな苦難も乗り越えていける気がする。

口にすれば、必ず否定されるようなことしか思い浮かばない。

「信じなくて、いいから……だから、愛してるって、言ってください。前、みたいに、愛しいって……嘘でもいいから、お願い……わたしを、もっと騙して」

彼の逞しい胸に頬を押しつけ、クロエにできる精いっぱいのおねだりだった。

「――愛してる。君を愛してる。愛しくて、愛しくて、気が狂いそうだ」

「ミハイル様……」

嘘だとわかっていても、その言葉は涙がこぼれるほど嬉しかった。

そんな彼女に気づいたのか、彼は情熱的に続ける。

「愛しいクロエ、君を私だけのものにしたい。このまま連れて行って、他のどんな男の目にも触れないように、閉じ込めたい！」

お湯の中で挿入されているせいだろうか？

引き抜かれるたび、膣内《なか》が締まる感じがする。逆に押し込まれるときの圧迫感も凄かった。

「あっ、あっ、あっ……ああ、やあぁ、あん、あっん……ダメ、ダメ、ミハイル様ぁ、もう、もう、やぁ、ダメーッ！」

何度も何度も突き上げられ、全身を揺さぶられて、嬌声も嗄《か》れてくる。

「クロエ……クロエ……くぅっ」

ミハイルが息を止めた瞬間、突き立てられた淫柱が胎内で爆ぜ飛んだ。まさしく制御不能となって、クロエの中に白濁を噴き上げる。

バスタブのお湯は大きく波打ち、ふたりの身体を、忘れがたい温もりで包み込んだ。


ミハイルにもう一度だけ会って、伝えたいことがあった。

プルレ市郊外の屋敷で、母の具合が悪くなった夜、ランドン医師は疲れた様子のクロエを見て、『少し気になることがある』と言って呼び止めた。

そして、問診の結果、『たしかなことは言えんが……懐妊の兆候がある』と言われた。

この国では、中絶には重罪が課せられる。そして、未婚の女性が産んだ子供の責任は、すべて母親にあるのだ。

懐妊が事実なら、クロエに選択肢はない。

ミハイルが負うべき責任は何もないが、彼の子供が生まれるかもしれないことを、伝えたいと思った。

彼に妻がいれば、迷惑極まりない事態だろう。

その反面、もしかしたら、『もう、君と会うことはないだろう』『一度去った国を、もう一度訪れることはない』という言葉を撤回して、子供に会いに来てくれるかもしれない。

そんな甘い夢を見てしまった。

だが、彼を罠に嵌めた女性とそっくりなクロエに子供ができて、喜ぶはずがない。

(ミハイル様を幸せにするどころか、一生、苦しめてしまうわ)

クロエはミハイルの鼓動を聞きながら、そっとお腹に手を当て……静かに心に蓋をした。

懐妊が事実だったとしても、永遠に話さないことを決めたのだった。

第六章　愛のままに

　クロエにとって、初めての海だった。

　太陽の光を受けて、海面がキラキラと光っている。潮の香りはどこか懐かしくて、胸いっぱいに吸い込んだ。

　ロメーヌ川は、控えめに言っても良い匂いはしない。下水処理が追いつかず、生活排水が流れ込んでいるせいだ。

　海は川より大きい、それも向こう岸が見えないくらいに。

　その程度に思っていたことが恥ずかしい。

「海って、ものすごく大きいんですね。わたしの生きている世界は、こんなに広かったんだわ」

　クロエにすれば、率直な感想だった。

　だが返ってきたのは、

『ええ、そのとおりでございます。王太子妃殿下』

慇懃《いんぎん》無礼なホーリーランド語、もちろんミハイルだった。

——夜が明けきらないうちに、サビーヌの屋敷を発った。

その際、クロエは人目につかないよう、女中部屋から服を調達しようとした。逃げるためなら、あのサビーヌですら未亡人のような装いに身をやつしていた。ミハイルは髪を黒く染め、憲兵隊の服も自ら調達したと聞く。アイヴァンに至っては、荷運びに舟を出すときの農夫そのものだった。

(わたしなら、やっぱり、女中の格好が一番目立たないはずよ)

ところが、ミハイルが差し出したのは、サビーヌの衣装簞笥の中で最も値が張りそうなドレス一式だった。

最近流行している前開きのデイドレスで、綾織りの絹が使われていた。上から羽織るカシミアの外套はフード付きで、寒いときはもちろん、顔を隠したいときにも便利そうだ。

ただ、コルセットはサビーヌのウエストに合わせてあるため、クロエには大きい。だが今は腹部をあまり締めたくないので、むしろありがたかった。

とはいえ、これは逃亡者にとって最も不利な装いではないだろうか？

首を傾げつつ、どうにかひとりでドレスを着たクロエの前に、黒いフロックコートに白いブリーチズ、そしてクラヴァットを結んだほぼ正装で、ミハイルは姿を現した。

髪はふたたび黒に染めている。

そして彼が口にしたのは、

『さすがお美しいですね、王太子妃フランソワーズ様。私はあなた様の侍従武官、ミシェル・ヴィクターでございます』

滑らかなホーリーランド語。

「お、王太子妃？　フランソワーズ様って……」

ミハイルの情報では、昨日の時点で、国王は政府高官によって王宮に軟禁状態にあるという。国庫金を持ち出して、他国に亡命させないためらしい。

国王と違って王太子が自由に動けるのは、彼に浅はかな行動を取らせることで、王家の隠し資産の在り処がわかるのではないか、という政府の思惑もあるらしい。但し、その思惑に確証を得るまでの調査は、ミハイルにもできなかったようだ。

そんな中、王妃は国王とともに王宮にいるとわかった。

大事な点は、フランソワーズ王太子妃が所在不明ということだ。

すでに王宮を出て、実家である公爵家に戻ったという話や、人質扱いを恐れて身を隠し、ホーリーランド王国からの迎えを待っている、という話もあった。

もともと、双方が妥協した結果、選ばれた王太子妃だ。嫁いで間もない上に、子供を身籠もっている可能性も低い。

早い話が、彼女の動向など誰も気にする余裕がない、というのが実情なのだ。

そこに目をつけたのが、ミハイルだった。

王太子妃は、髪も瞳も薄い茶色をしている。そして、印象に残りにくい控えめな容貌もちょうどよかった。

「君はホーリーランド語も話せるんだろう？」

「話せますが……実は、あまり得意では」

王太子妃がどれくらい話せるのかは不明だが、クロエ自身は、とてもホーリーランド国民のようには話せない。

尻込みするクロエに、ミハイルはひとつの言葉を教えてくれた。

「君が話すのはそのセリフだけだ。あとは、私に任せておけばいい」

不敵に笑った彼の後ろには、二頭立ての瀟洒《しょうしゃ》な馬車が一台。馬車には、ホーリーランド王国、王家の紋章〝獅子〟の描かれた旗が掲げられていた。

「控えなさい！　わたくしはエフォール王国王太子妃、フランソワーズです」

プルレ市を出る街道で、エフォール軍による検問に引っかかったとき、クロエはそう叫んだ。

ミハイルから教わったセリフは、これのホーリーランド語訳だが、エフォール軍相手なら自国語で問題ないだろう。

「王太子妃殿下はこれ以上の戦況悪化を防ぐため、単身ホーリーランド王国に向かわれるのだぞ！　妃殿下の命懸けの行為を無にするつもりか!?」

続くミハイルの一喝に、その場にいたエフォール兵は平伏した。

そこを抜けると、次に待ち構えていたのが、街道沿いの砦を占拠したヴァルテンブルク連合国軍だった。

『ホーリーランド王国、女王陛下の密命により、フランソワーズ殿下を王宮より救出して参りました。シアラ港には、すでに迎えが到着しております。同盟国として、早急に通行の許可をいただけますよう、お願い申し上げます』

今度ばかりはクロエも、馬車から降りるしかない。

濃い緑色の軍服を着た兵士たちに囲まれ、クロエは膝が震えた。

しかし、彼女にできることは限られている。ただ、王太子妃らしく、例のセリフをホーリーランド語で叫び、毅然として顔を上げ続けることだけだ。

一方、彼らはそうあっさりとは通してくれず、自国の言葉とカタコトのホーリーランド語で応じてくる。

そんな彼らにミハイルは、

『フランソワーズ殿下をこの場に足止めし、エフォール軍の追手と一戦交えるおつもりか!? 二ヵ国間の同盟に、小隊の隊長ごときが亀裂を入れて許されると思っているのか!? さあ、返答されよ!!』

ヴァルテンブルク語は一切理解しないといった態度を貫き通し、上から畳みかけるように怒鳴りつけたのだ。

その姿は、まるで彼自身が王族のようだった――。


『えーっと、ミシェル・ヴィクター、ここからどうするのですか?』

一応、気取って話してみるが、王太子妃らしく、というのがよくわからない。

すると、ミハイルはスッと膝を折り、にこりと笑った。

『もちろん、味方の船が迎えにくるまで、こちらでお待ちいただくことになります。昨夜と同じく、しっかりとお世話させていただきますので、ご安心を』

「ミ、ミハ……ミシェルったら、もう……」

どこで誰が聞いているかわからず、クロエは小さな声で文句を言うしかない。

砦から解放されたのが、昨日の日暮れ寸前だった。そのまま馬車を走らせて、シアラ近郊の森でふたりは野宿した。馬車はその森に隠し、それぞれ馬に乗って、夜明けと同時にシアラ港までやって来たのである。

ミハイル曰く、同じ港町とはいえ、シアラとジェップはまるで違うらしい。

ロメーヌ川の河口に作られ、民間船が多く出入りするジェップの町は、商船のオーナーから、客船に乗って旅行する富裕層、商人、民間船で働く乗組員まで、様々な層に見合った宿や酒場が揃っている。

かたやシアラの町は、シアラ港のみ、と言ったほうがいい。

歴史をたどれば、ジェップのように賑わっていたこともあったらしい。

だが、軍艦が大きくなるにつれて、シアラ港は軍港として使われることが多くなった。

やがて、シアラの町から一般人は追い出され、エフォール海軍の基地として使用されるようになったのである。

ところが、ホーリーランド海軍の侵攻により、エフォール海軍はシアラ港に戻ってこられなくなり、今日現在、シアラ港の支配権は宙に浮いたままだった。

ミハイルが野宿を選んだのは、それが理由だ。

港の支配者が誰かわからない以上、迂闊に近づくのは危険過ぎる。そう言って、彼はクロエを森の中で休ませようとしてくれた。

しかし、ミハイル自身は決して眠ろうとしない。

そんな彼をひとりで起こしておくわけにはいかず、クロエは彼の傍に寄り添い、ふたりは親密な時間を過ごした。

(でも、ここは危険だから、とおっしゃって、ミハイル様は、最後まで……されなかったのよね)

森の中での時間を思い出し、クロエは頬が熱くなる。

迎えの船は……ひょっとしたら、ジェップの港からアイヴァンが帆船、いや、蒸気船に乗って来るのかもしれない。あのアイヴァンなら、船乗りの格好で舵を操作していても、クロエも今さら驚かない。

(まさか、あの〝罪人を運ぶための舟〟に乗って、ここまで来ないわよね?)

この大海原を、小舟を漕いで現れる姿が頭に浮かび、クロエは馬鹿な考えを追い払う。

それより、気になることがあった。

今日中に迎えの船が来なければ、森まで引き返して、また野宿することになるのだろうか?

もしそうなら、ふたりで過ごす時間が延びる。

不謹慎にも嬉しいと思ってしまった、そのとき――。

「伏せろ!」

ミハイルの鋭い声が飛び、地面に押し倒されていた。

「ミハ……イル、様？」

「ギョーム王太子だ。まいったな、あの男もここに逃げてきたとは」

それは今、一番聞きたくない名前だった。

「まさか、どうやって？　あの王太子殿下に、砦が突破できたと言うの？」

所在不明で、ホーリーランドの女王と血縁のある王太子妃なら、王宮を脱出して女王のもとに逃げ込むという言い訳も通用するだろう。

だが、国王が軟禁されているという状況で、王太子だけ見逃してもらえるはずがない。

疑問で頭の中が真っ白になるクロエに、答えをくれたのはミハイルだった。

「クロエ、残念ながら、シアラまでの道は一本ではない。おそらく、国外脱出用の逃げ道を確保してあったんだろう。腐っても、王太子だからな」

さすがのミハイルも忌々しそうに言う。

クロエたちは、万一、シアラ港にエフォール兵が残っていた場合、見つからないようにと、林の中を通って海に近づいていた。

この場で日が暮れるまで待ち、今夜中に岸壁を下りる。そこで合図を出し、迎えにきた船に乗って、沖に停泊している本船まで渡してもらう予定だったという。

「ひょっとしたら、連中も同じ計画なのか？　いや、それなら、こんな明るいうちから、埠頭《ふとう》をウロウロしているわけが……」

ミハイルにもわからないのか、ぶつぶつと呟いている。

そのときだ。王太子たちを出迎える人影が、ふたりの目に映った。

それも、ひとりやふたりではない。ざっと十人以上の人間が、港に停泊している船から降りてくる。彼らの服装を見る限り、その船の乗組員のようだ。

港には、いくつかの小中型船が停泊中だった。

大砲が積んであるような戦艦はないので、クロエにはそれが民間船か軍用船か区別がつかない。

それをミハイルに告げると、彼も苦笑しながら答える。

「気にするな。私も似たようなものだ」

安全が保証されない港に立ち寄るなど、よほどのことがあって着岸したか、よからぬ目的があるか、ふたつにひとつだという。そしてよからぬ目的がある船は、そうとは見えないように偽装している。

彼の言うとおりなら、専門家でもなければ見破れるわけがなかった。

「ただ、あの連中、周囲を窺う様子からいって、民間の私兵ではないな。どこかの国の正規兵だ」

船を見ただけではわからなくても、人を見てわかるなら、やはり自分は、ミハイルには遠く及ばない。

「わたしが一緒だと、足手まといですよね？　いざとなれば、置いていってください」

「こんな場所に置き去りにするために、プルレ市から連れ出したわけではない。それに、ここまできて捕まったら、慰み者になるだけでは済まないぞ」

王太子の淫猥な表情を思い出しただけで、クロエの身体は竦み上がった。

「それは……たとえば……」

「見せしめに、殺すだろうな」

ミハイルはそれすらも想定して、クロエを巻き込んだのではないのか。

彼女を誘惑し、夢中にさせて、戦乱の渦中に捨てていく。ここで王太子と再会することも、彼の計画だったのではないかと、そんな恐ろしいことまで考えてしまう。

地面に伏せたまま、クロエはお腹に手を置いて歯を食いしばった。

そのとき、ミハイルが無言で動いた。

彼女の外套に手をかけ、フードをかぶらせたあと、彼らから見えない位置まで地面を移動していく。

そして、木の陰に隠れるようにして身体を起こした。

彼はクロエを自分の脚の間に座らせ、背後から抱きしめたのである。

「私は、十七年前に死ぬべきだった。がらくたになった脚も心も、そろそろ限界だ。憎しみに目がくらんで、君を巻き込んだ。それが、どれほどみっともないか、ちゃんとわかっている。だから、君をここから逃がす」

自分を抱きしめた腕から、背中に触れる彼の胸から、ミハイルの思いが流れ込んでくるかのようだ。

「もう二度と、こんな、棺桶《かんおけ》に片足を……いや、身体半分を突っ込んだような男に、抱かれたりするな。君と母上が、平穏に暮らしていける金は持たせる。足を洗って、幸せになってくれ」

クロエはミハイルを幸せにしたかった。

だが彼は、自分を騙した女性とクロエを重ね、報復の渦中に引きずり込んだ。そして、クロエの思いは決して受け取ってくれないくせに、幸せになれと言う。

「ミハイル様、わたしは……」

クロエがもう一度伝えようとした愛の言葉を、ミハイルは遮った。

「陽が落ちるの待って、埠頭に近づく」

「え？　岸壁を下りていくんじゃ？」

「岸壁は足場が悪くて狭い。それに、一旦下りたら行き止まりだ。埠頭なら、まだ隠れ場所がある。いざとなれば、停泊中の船を乗っ取る」

ひとつの考えが浮かび、クロエは尋ねてみた。

「あの停泊中の船の中に、わたしたちを迎えにきた船がある、という可能性は？」

「それがわかれば苦労はしない。言っただろう？　よからぬ目的がある船は、そうとは見えないように偽装している――と」

「じゃあ……王太子殿下がここを離れるまで、待つというのは？」

最も安全な作戦のように思えたが、ミハイルは否定した。

「時間が経てば、さすがに私たちの嘘もばれる。本物の追手が放たれるだろう。そこに王太子の追手が加われば……いくら私でも逃げられなくなる」

ミハイルは足を洗えと言った。

アイヴァンたちと合流すれば、きっとふたりの偽りの恋人関係はそこで終わる。彼は二度と、クロエを抱こうとはしないだろう。

あと数時間――今度こそ、本当の別れが待っていた。


夜の海は闇に包まれている。

近づくと深淵に引きずり込まれてしまいそうで怖い。だが、波の音は昼間より大きく聞こえ、寄せては返す一定のリズムが、クロエの不安を鎮めてくれた。

埠頭までは何かの陰に隠れて移動できたが、その先は違う。

岸壁に近い林の辺りから王太子の姿が丸見えだったように、周囲が明るければ、今度はクロエたちが丸見えになるだろう。

「埠頭の先端まで行き、ランタンに火を点す。港に見張りがいたら、すぐに気づかれるはずだ。連中が近づいてきたら、王太子を挑発して人質にする。そのときは連中の船を乗っ取って沖に出るぞ」

大胆な作戦だが、ミハイルはアイヴァンが近くまで来ていると確信しているのだろう。この場さえ乗り切れば、必ず助けがくる、と。

(彼は人生の半分を、こんな危ない橋を渡って生きてきたんだわ)

自分にできるのは彼を信じてついて行くことだけ——そう思いながら、真っ暗なランタンの持ち手を強く握りしめる。

港に見張りのいる気配はなかった。

埠頭にも静寂が広がり、停泊する船には人の気配もない。

(誰も乗っていないの？　乗り捨てていった、とか……まさかね)

胸の奥がざわざわした。

その感覚を言葉にしようとしたとき、

「何か変だ。嫌な予感がする」

ミハイルがクロエの気持ちを代弁してくれた。

「一度、林まで戻りますか？」

「いや……」

刹那——埠頭が一斉に照らし出され、真昼のように明るくなった。

停泊した船に次々と灯りが点されていく。クロエが驚いて振り返ると、埠頭の入り口は封鎖されていた。

「やあ、ミハイル・ヴィクトル。いや、ミシェル・ヴィクターと呼んだほうがいいかな？　おまえがまだ、この国にいたとは」

憎々しげに言いながら、ギョーム王太子が停泊した一隻の船から顔を出した。

クロエの中に、裸にされたときの恐怖と嫌悪感が浮かんできて……とっさに、ミハイルの背中に顔を伏せる。

すると、ミハイルは流れるような動作でクロエを背中に庇ってくれた。

「ほう、よくわかったな。仕方がない。ボンクラ王太子という評価は、訂正してやるとしよう」

とんでもなく好戦的な返事をする。

当然、王太子がこんなことを言われて黙っているわけがない。

「ボ、ボンクラだとぉ。この僕にそんな口をきいて、ただで済むと思うな！」

そう怒鳴るなり、王太子は銃剣を手にした兵士たちをぞろぞろと引きつれ、船から降りてきたのだった。

(待ち伏せされていた、ということ?)

恐ろしい考えに指先が震える。

今にも気を失ってしまいそうだが、ここでクロエが倒れるわけにはいかない。ミハイルの足を引っ張るまいと、懸命に自らを奮い立たせた。

「おい! 娼婦の分際で、よくもフランソワーズの名を騙ってくれたな」

気づかれていたことには驚きだが、王太子はその理由をペラペラと話し始めた。

なんと、フランソワーズ王太子妃は海軍が交戦状態になる前に、姿を消してしまったという。プルレ市を出た様子はなく、市内の有力者に匿われているようだが、それが誰かはわからなかったらしい。

彼の立場では、王太子妃を捕まえるための大きな網は張れなかった。

しかし、クロエが王太子妃を名乗ったことで、彼の小さな情報網に引っかかってしまったのだ。

「フランソワーズを使って、ホーリーランドの女王に匿ってもらおうと思っていたのに、偽者だったとは。また、邪魔しおって!」

王太子の言い分を聞き、ミハイルはため息をついた。

「蔑ろにし続けた妻に、助けてもらうつもりだったのか? まったく、臆病な生き物の考えることはわからんな」

「うるさい、うるさい、うるさい！　おい、おまえたち、この詐欺師と娼婦を捕まえろ！

いや、殺してしまえ!!」

その命令を受け、クロエたちの近くにいた兵士が数人、銃剣を手に斬りかかってこようとした。

「きゃあっ！」

クロエの手からランタンが落ち、ガラスの砕ける音がして……それが、合図のようだった。

その瞬間、ミハイルは動いた。

兵士たちより早く、彼らに向かって数歩踏み込む。一番手前にいた兵士の手首を捻り上げ、銃剣を奪い取った。

そのまま、ふたりの兵士を戦闘不能にして、銃口を王太子に向けたのだ。

「クロエ、ゆっくりと、埠頭の先端まで行け」

「で、でも……」

合図に使うつもりだったランタンは、粉々に砕けてしまった。

これではもう、灯りを点すことはできない。

「いいから、行くんだ」

「お、おい、無駄な、抵抗を」

「黙れ！　この銃剣が二発しか撃てないことくらい承知だ。これでも武器商人なんでね。だが、二発とも貴様の腹にぶち込んでやる」

ミハイルの気迫に押されたのか、王太子をはじめ兵士たちは身動きができずにいる。

クロエは言われるまま、ジリジリと後ろに下がった。だが、すぐ後ろに、波が岩に打ちつける音が聞こえてきて……。

目の端で何かが動いた、と思った瞬間——破裂音が聞こえ、クロエの足元に銃弾が撃ち込まれた。

ほぼ同時にミハイルも銃を撃つ。

停泊している中型船の甲板から叫び声が上がり、直後、海中に何かが落ちる音が聞こえた。

ホッとする間もなく、銃の発射音が立て続けに二発。

「チッ！」

ミハイルの口から舌打ちが聞こえ——彼は残った一発でひとりを仕留め、銃剣を逆手に持ち替えて、クロエに狙いをつける兵士目がけて投げつけた。

直後、丸腰になったミハイルの太ももを銃弾が掠める。

「ミハイル様っ！」

クロエは思わず、前に飛び出そうとした。

「大丈夫だ！　下がっていろ！」

彼は少しよろめき、地面に膝をつきかけたが、すぐに体勢を立て直す。そして、王太子に対して怯える様子など一切見せず、クロエの前に立ち、自らを盾にした。

クロエがランタンを落としてから、おそらく三分程度の出来事だっただろう。

だが彼女にすれば、三十分……いや、一時間くらいに感じられた。

（わたしたち、どうなるの？　ミハイル様が死ぬなんて、絶対に嫌よ）

クロエが泣きそうになったとき、いきなり、王太子が狂ったように笑い始めた。

「これで終わりだ。極悪非道の詐欺師め！」

「聖人とは言わないが、おまえのような浅ましい王族に、極悪非道呼ばわりされる覚えはないな」

「なんだとぉ!?」

怒りを露にした王太子だったが、口の減らないミハイルによからぬことを考えたようだ。

王太子はクロエに向かって信じられないことを言い始めた。

「おい、クロエ。王太子妃の名を騙った重罪人には、死罪が当たり前だが……ふたりとも、助けてやってもよいぞ。おまえの躰は、まだ味わってなかったからな」

ミハイルは何も答えないが、歯ぎしりが聞こえてきた。

クロエは、どんな態度を取ればいいのかわからず、迷ってしまう。

自分が王太子の手に落ちれば、今以上の窮地にミハイルを追い込んでしまうかもしれないのだ。その反面、王太子に近づくことで、この状況をひっくり返すきっかけになるかもしれない。

(ミハイル様に、これ以上の負担はかけられないわ。ここはわたしが頑張らなくては)

「わたし……行きます」

「クロエ!?」

彼の声から怒りの波動が伝わってきた。

ミハイルのことは信じている。だが、銃弾が掠めた脚は右脚だった。もう一度斬り込んでこられたら、先ほどと同じ動きはできないだろう。

「大丈夫です、ミハイル様。わたしが、あの男を油断させます。わたしにはまだ、使える武器がありますから……。一緒に助かる道を――」

クロエはなんとかわかってもらいたくて、小さな声で必死に説得する。

だが、ミハイルはそんな彼女の前に立ちはだかり、決して通そうとはしなかった。

「その武器は、二度と使うなと言ったはずだ」

「いいえ、使います。大事なものを守るためなら、何度でも」

「ダメだ！　行くんじゃない！　離れたら……守ってやれなくなる」

「でも……」

「私が好きなら、離れるな」

なんてずるい言い方だろう。

誰も愛さない、クロエのことも信じられない——そう言いながら、どうして、ここまで守ってくれるのか。

（いっそ、王太子殿下を色仕掛けで堕としてこいって、そう言ってくれたらいいのよ。わたしを利用するなら、そこまでしてくれれば）

なかなか決断しないクロエに、焦れたのが王太子だった。

「ああ、そうか。ならば、ふたり揃って死ね!!」

王太子が手を上げ、振り下ろした。

それを合図に、埠頭にいる兵士たちが銃口をふたりに向け、一斉に引き金を引こうとする。

そのとき——。

漆黒に覆い尽くされていた海に、突如、閃光が走った。

爆音が轟き、地面を揺るがす。その激しさは、足元の埠頭が崩れ落ちんばかりで、倒れそうになったクロエをミハイルが抱きしめてくれた。

数秒後、目を開けると——なんと港の一部が崩れ、炎が上がっていたのである。

（あの光は……何？　何が起こったの？　わたしたち、攻め込まれてるの？　いったい、どこから？）

頭の中がボーッとしていたとき……背後から船の汽笛《きてき》が聞こえてきた。

振り返ると、海の上に太陽が落ちてきたかのような眩《まぶ》しさに目を細める。

それが大きな船の灯りだと気づいたのは、もうしばらくあとのこと。まさか、三階建ての高級アパルトマンより大きな船があるとは、クロエは想像したこともなかった。

しかし、そんな呑気なことを考えている場合ではない。

なんと、その船——軍艦の砲門《ほうもん》は一斉に開かれていて、こちらに照準を合わせている。

そして埠頭に向けて、大音声が響き渡った。

「我々は、ソーンツァ帝国海軍である。全員、武器を捨てて投降せよ。指示に従わない場合、さらなる砲撃の準備は整っている」

こちらに合わせたのか、それはエフォール語での投降命令だった。

砲撃を受けた三十分後——。

クロエはミハイルに縋るようにして、多数の大砲を装備する軍艦の甲板に立っていた。

「遅くなりました。ご無事で何よりです」

ビクビクして辺りを見回していると、アイヴァンがそんな言葉とともに軽い足取りでやって来た。

今度は船乗りの格好を予想していたが、黒い軍服姿とは意外だった。

クロエは安堵の息を吐く。

「よかった。助かりました……本物のソーンツァ帝国の海軍さんだったら、どうしようかと思いました」

投降した王太子たちも甲板に連れて来られているため、彼らに聞こえないよう、クロエは小さな声で伝える。

ところがアイヴァンは、呆れ返った顔で説明してくれた。

「お言葉ですが、本艦はソーンツァ帝国が誇る第一艦隊のフリゲート艦です。当然のことながら、乗組員は全員、海軍兵となります」

その言葉に、クロエはミハイルの言葉を思い出した。

『北にあるソーンツァ帝国を知っているか？』

たしか、そう尋ねられたあと、ふたりともソーンツァ帝国出身だと聞かされたのだ。

「まあ、それじゃ、アイヴァン殿は海軍の方だったんですか？」

自分で聞いておいてなんだが、どうして海軍の兵士が、詐欺の片棒を担いでいたのだろう？

もちろん、深い事情があるのだろうが……。

そのことより、アイヴァンが駆けつけてくれた理由は、ミハイルがシアラ港に向かうと言ったせいだ。ということは、ソーンツァ帝国海軍がやって来たのは、ミハイルのため、ということになる。

クロエにすれば、ますますわけがわからなくなった。

アイヴァンはミハイルの様子が気になるのか、なかなか返事をしてくれない。

そのとき、艦内から現れた濃紺の軍服を着た人物が、クロエの質問に答えてくれたのだった。

「その者の本当の名はイヴァン・ルカショフだ。正式には陸軍所属の少尉だが、今は特別な任務を命じてある」

会話には不自由しないだろうという程度のエフォール語だった。

その男性は、白と見紛うような銀の髪をしている。だが、決して年配というわけではなく、透き通るような白銀色だ。背はミハイルよりは若干低い。まなざしは鋭く、人の心を見透かしてしまいそうな黒い瞳だった。

初めて会った男性なのに、どこか慕わしい感じがして、クロエが言葉もなくみつめていると、すぐ隣でアイヴァンが膝を折った。

「ご記憶いただき、ありがたき幸せ」

「弟が世話になっている。あれについて回るのは、大変であろう」

「十年になりますので、だいぶ慣れました」

不思議な言葉のやり取りに、クロエの胸はトクンと鼓動を打つ。

誰のことを話しているのか、すぐにわかった。この白銀の髪をした男性は、ミハイルの兄なのだ、と。

「あの……ミハイル様の、お兄様ですか？」

クロエが話しかけると、その男性は、出会ったころのミハイルを思わせる微笑みを返してくれた。

「いかにも。ミハイルの兄と呼ばれるのは、十七年ぶりか。私の名は、ダニエルだ」

「わたしは、クロエ・セレスティーヌ・デュ・コロワと申します。ご兄弟なだけあって、ミハイル様とそっくりですね」

「そっくり？」

「はい。おふたりの笑顔は、とてもよく似ておられます」

窮地を脱したことと、ミハイルの兄と会うことができた嬉しさもあり、クロエは親しみを籠めて話した。

だが、それをよく思わない人間がいた。

「クロエ様、もう少し、敬意を払った言動を心がけてください」

アイヴァンは神経質そうな顔をいっそう歪める。その態度は、ダニエルの前からすぐにもクロエを追い払ってしまいたい、と言わんばかりだ。

クロエにすれば、そこまで失礼な態度をとった覚えはなかった。

アイヴァンの真意を尋ねてみようとしたとき、そこに、これまで無言で立ち尽くしていたミハイルがやって来た。

彼はアイヴァン同様、ダニエルの前で膝を折り――そのミハイルが口にした言葉に、クロエは真実を知る。

「ご無沙汰しております、皇太子殿下。しかし、私ごときのために、第一艦隊を派遣していただいたとは……仰天しております」

「それは、ずいぶんな言われようだ。この世にたったひとりの弟を、見殺しにすると思っていたのか？」

「……いえ」

「ただ、これが遥か遠くの国でなくてよかった。おまえは今も変わらず強運だ」

「……はい」

兄弟のやり取りが、果てしなく遠くに聞こえる。

だが、少し考えればわかることだった。辺りを見回すと、戦艦はこの一隻ではない。大小様々な艦の灯りが、近海を埋め尽くすように煌めいている。こんな大艦隊を率いているということは、ダニエルがソーンツァ帝国の皇太子である、と認めざるを得ない。

それは同時に、ミハイルがソーンツァ帝国の皇子ということで――。

(ああ、そうだったのね。ミハイル様は、武器商人でも詐欺師でもなかったんだわ)

クロエはまるで、動きを止めたからくり人形のように棒立ちになってしまう。

「……エ、クロエ、大丈夫か？」

ハッとして横を見ると、ミハイルが心配そうにこちらを見ていた。

「は、はい、大丈夫、です」

「それならいいが……皇太子殿下が、君に話があるそうだ」

「え？　わたしに？」

何を言われるのかと、思わず身構えてしまう。

だが、ダニエル皇太子の表情に変化はなかった。

「あなたのことは、ルカショフ少尉から聞いている。今回、ユーグ国王失脚という功績により、ミハイルは第二皇子として祖国への凱旋《がいせん》が決まった――」

「功績……では、十七年ぶりに？」

まず、ユーグ国王の失脚が功績になる、ということにクロエは驚きを隠せなかった。

クロエ自身、国王の醜悪な姿は見たことがない。王制自体に不満を感じたことはなかったが、今回、ギョーム王太子の本性を知った。彼が国王になると思うと、とても王制を支持する気にはなれない。

だが、ソーンツァ帝国にとっては、ユーグ国王のほうが問題――大問題だった。

この百年余り、エフォール王国はことあるごとに北への侵攻を続けてきたという。

ユーグ国王が即位してからはその傾向が強くなり、戦闘では大きな犠牲を払ってきた。

ソーンツァ帝国の領土は広大だが、人々が暮らすには適していない。数少ない不凍港は大きな生命線となる。ユーグ国王はそこを狙っていて、不凍港を占拠し、新たな植民地を得ようとしていたのだ。

十七年前、ミハイルを騙した女性は、ユーグ国王を王位に就けるためならと、その手を血に染め続けた女性だった。ユーグ国王はそんな女性を、ソーンツァ帝国から攻撃させるための捨て駒にしたのである。

あれから十七年が過ぎ――ユーグ国王は目減りする個人資産を増やし、弱体化する一方の王権を復活させるため、懲りずに北への侵攻を計画していた。

ミハイルは五年間、新大陸を中心に武器商人としての信用を積み重ね、エフォール王国の国力が弱まるときを待っていた。そして、ユーグ国王の懐に飛び込み、彼の戦力を削ぐことに成功する。その間も、エフォール王国の包囲網として周辺諸国の同盟を取り結んでいたという。

これらは、ソーンツァ帝国にとって大きな功績だろう。

「それは……おめでとうございます、ミハイル様」

クロエは精いっぱいの笑顔を見せる。

ところが、ミハイルはあまり気乗りしていないような顔だ。

「ああ、ありがとう」

「ミハイル様は祖国に……ご家族のもとに、戻りたかったのでしょう？」

「……」

黙り込んだミハイルの代わりに、ダニエル皇太子が答えてくれた。

「あなたはクルティザンヌだと聞いた。エフォールの花というだけあり、とても美しい。それはもう、罪なる美しさだ。消えかけた人々の心に、ミハイルのあやまちを呼び覚ましてしまうくらいに――」

「兄う……いえ、皇太子殿下！」

ダニエル皇太子の言いたいことはすぐにわかった。

彼は、クロエがミハイルについてくることを危惧している。

十七年かけて復讐を遂げ、同時に大きな功績を挙げた。人々は諸手を挙げて歓迎するだろうが、その横にエフォールの高級娼婦がいては、すべてが台無しだ。

ミハイルはまた、エフォールの金髪女に騙され、国難をもたらすのではないか、と。

ダニエル皇太子自身、ミハイルが命懸けでクロエを守ろうとしたのを見て、同じ懸念を抱いた可能性もある。

クロエは、ダニエル皇太子に向かって微笑んだ。

「まあ、皇太子殿下にお褒めいただき、畏れ多いことでございます。わたしは……寒さに弱いので……。このたびのことで、ミハイル様は充分なお金を約束してくださいました。それを持って、母とともに南エフォールに移ろうと考えております」

そう伝えた瞬間、ダニエル皇太子は目に見えるくらい、安堵の表情を浮かべた。

それはクロエにとって、ミハイルの恋人として――いや、クルティザンヌとしての、最後の仕事だった。

☆　☆　☆

『ユーグ国王失脚という功績により、ミハイルは第二皇子として祖国への凱旋が決まった』

それはミハイルの中で、贖罪の日々が終わったことを意味した。

十七年前、身近な人は、ミハイルに罪はない、と言ってくれた。ただ、若さゆえのあやまち、若気の至り……そんな言葉で彼を庇い、イリーナ皇后の死を悼《いた》んだ。

だが、それ以外のほとんどの人間がミハイルの愚かさを責めた。

巻き込まれて死んだ人たちの家族や、大怪我を負って否応なしに人生を変えられた者。中でも、顔に火傷を負った若い女性の苦悩は、ミハイルの右膝の痛みとは比べものにならないだろう。

父はミハイルの謝罪も言い訳も聞き入れてはくれず、城に彼が戻る場所はなくなった。

その後、父は報復措置としてエフォール海軍を攻撃。多くの被害を出し、事実上の敗北を喫する。季節が冬になり、戦闘海域の氷結が始まらなければ、さらなる被害が出ただろうと言われている。

事件から半年ほど経ち、ミハイルがどうにか歩けるようになったころ、兄のダニエルが会いに来てくれた。

『私が父上に話をする。だから、国に戻りなさい』

『いいえ！　僕は外から国を守ります。どんな手段を使っても、何年かけたとしても、二度と、エフォールの王に我が国は狙わせない！』

それを果たすまでは戻らない。

その誓いとともに、ミハイルは自分の中にある感情を凍りつかせた。

――コンコンコン。

扉を叩く音に、ハッとして顔を上げる。

「どうぞ」

今ミハイルがいるのは海軍提督の執務室――ダニエルの部屋だった。

フリゲート艦内なので、城と同じようにはいかないが、ミハイルがプルレ市内で購入した屋敷の書斎程度はある。

扉が開き、入ってきたのはクロエだった。

「わたしに、なんのご用でしょうか……ミハイル殿下」

そのよそよそしい物言いに、苛立ちは募るばかりだ。

「ずいぶん、他人行儀だな」

「迎えの船が来たら、お別れだと言ったのは殿下ですよ」

「殿下はやめてくれ！　昔から、そう呼ばれるのは苦手だった」

優秀で決められたことを確実に守る兄と違い、規則に縛られるのが大嫌いだった。ジネットが近づいたのが兄なら、罠にはかからなかっただろう。

ミハイルが黙り込むと、クロエは心配そうに尋ねてきた。

「……脚は大丈夫ですか？」

「弾は掠めただけだ。たいしたことはない」

あのとき、海からの気配で、相当大きな艦船が近づいていることはわかっていた。

それも大砲を載せた艦船……となれば、戦艦以外にないだろう。アイヴァンはいったいどこに協力を要請し、どんな船を調達してきたのか。彼のことは信頼していたが、まさか、ソーンツァ帝国から皇太子が提督を務める艦隊を率いて迎えにくるとは思わなかった。

「クロエ……本当に、南エフォールに住むつもりか？」

「……はい」

今回、国を捨てて逃亡しようとしたギョーム王太子を確保したことで、世論は一気に王制廃止へと傾くだろう。エフォール王国の終焉は間近だが、新政府が発足し、国内の治安が安定するまでは数年を要する。

南エフォールで暮らすといっても、すぐには不可能なのだ。

甲板でのクロエとダニエルの会話に割り込み、ミハイルがそう話すと、

『それなら、安心して暮らせるようになるまで、ホーリーランドで過ごすといい。南部ならエフォールと大差ない。女王陛下に話を通しておこう』

などと、ダニエルはよけいなことを言い始めた。

もっと厄介なことは、クロエたちをホーリーランド王国に送り届ける船を準備していることだった。

「花の都と呼ばれたプルレ市に比べて、南エフォールは地味だぞ。サロンなど全くないし、ドレスを縫ってくれる店もない」

「エフォールから国王がいなくなるんです。階級制度もなくなるかもしれない。そうなったら、裏社交界の花はもういらないでしょう？　ドレスも不要です」

理路整然と答えるクロエが、いっそ憎らしい。

苛立ちは加速して、ミハイルは自分でも理解不能なことを口にした。

「一緒に来ないか？」

「どこに、でしょうか？」

「ソーンツァ帝国の首都、プリローダ。夏は白夜で、眠らない国と言われている」

クロエの表情がふいに曇り、ミハイルは自分がどんな失敗をしたのか考えた。だが、答えは出ないまま、彼女の様子を窺うことしかできない。

「あの……ミハイル様の奥様もそちらに？　それとも、新大陸とか」

どうして自分に妻がいることになっているのだろう。

少し考え、ミハイルは思い出した。彼女がミハイルへの恋情を断ち切りやすいよう、アイヴァンに指示して、そんな誤解をさせた気がする。

このまま誤解をさせておいたほうが、彼女のためだ。

そう思うのに――。

「妻はいない。もちろん、婚約者も――わかったか？」

何を考えているのか、自分でぶち壊しにしてしまった。

ほんの一瞬だが、クロエの嬉しそうな顔を目にして、ミハイルもホッと息をつく。

「君の母上は、ドクター・ランドンにお願いしよう。さっき兄が言ったように、エフォールが落ちつくまで、ホーリーランドで過ごせばいい」

「待って、ちょっと、待ってください。それは……できません」

「なぜだ？　ずっと私の傍にいたい。私がいなくなっても愛し続ける——そう言ったのは君だろう！」

黙っていられず、彼女を責めてしまう。

挙げ句の果てには、

「それとも、私はまた、娼婦に騙されたのか？」

自分がどんどん、愚か者になり果てていくようだ。

ミハイルは大きなため息をつきながら、おかしくなった頭を抱える。

すると、彼女はそんなミハイルから目を逸らした。

「わたしは、ソーンツァ帝国でも、あなたの恋人……いえ、愛人になるのですか？」

「不満か？　金なら充分に」

そこまで言ったあと、ひとつのことに思い当たった。

ミハイルはあらためて口を開く。

「私に妻は不要だ。人を愛するつもりも、幸せになるつもりもない。国家と国民のために、生涯を捧げる。これまでも、これからも」

「足を洗えとおっしゃったのは、ミハイル様です！」

ミハイルの言葉を奪うように、クロエは声を上げた。

たしかに、彼女の言うとおりだ。『足を洗って、幸せになってくれ』、そう言ったときの気持ちに嘘はない。

だが、ギョーム王太子に追い詰められたとき——たとえ自分の身体がハチの巣にされても、クロエだけは守りたい。彼女を守るのは自分でありたい。クロエを他の男に抱かせるくらいなら、死んだほうがマシだ——と思った。

あんな、激しい衝動に囚われたのは、いったい何年ぶりだろう。

年齢差や右膝の古傷、取り返しのつかない過去……その他諸々の理由をつけ、クロエのことまで憎もうとして、憎めなかった。

それどころか、『エフォールの娼婦に、復讐したくなった』、そんな馬鹿げた言い訳で、検問を強行突破してまでプルレ市に戻った本当の思いは——。

「だから、こんなわたしでもいいって言ってくださる人と、結婚して幸せになります」

うつむき、かすかに頬を赤らめて話すクロエを見たとき、ミハイルの心を縛っていた鎖が弾け飛んだ。

「わかった」

「すみません……本当に、ごめんなさ……」

「君を妻にする」

高らかに宣言しながら、彼は執務室のひとり掛け用のソファに腰を下ろした。

「ミ、ミハイル様っ!?」

「前言撤回だ。さっき君は『こんなわたしでもいいという男』と結婚すると言ったな。ならば、君でいい……いや、君がいい。結婚して、幸せにしてやろう」

近づいてきた彼女の手首を摑み、腕の中に引っ張り込む。

抱きかかえて膝に乗せ、柔らかな唇に自分の唇を押し当てた。

だが、次の瞬間、クロエに押しのけられたのだ。

「ダメ、それは、ぜったいにダメです！」

「何がダメなんだ？　君の願いを叶えてやると言うんだぞ！　私は詐欺師でもなければ、武器商人でもない。その代わりに皇子の称号がつくだけだ」

「それがダメなんです！」

そう叫ぶと、クロエは腕の中でポロポロと泣き始めた。

兄、ダニエル皇太子に言われたことを気にしているのは間違いない。たしかに、エフォール出身の女性と言えば、多少の反感は買うだろう。だが、クロエはジネットとは違う。髪の色が似ているだけで、中身はまるで違うのだ。

ミハイルが詐欺師と知らされ、その男のせいで彼女自身もひどい目に遭わされた。それにもかかわらず、クロエは自分を助けにきた黒髪の男がミハイルと知るなり、『よかった』と口にしたのだ。

彼女の心は、蜂蜜色に艶めく髪より、すれ違う男の視線を釘づけにする美貌より、気高く美しい。

それはミハイル自身が、たった今、認めたことだった。

その思いは他の人間にも伝わるはずだ。すぐには無理でも、時間をかけて理解してもらえたら……。

「この髪の色がダメなら、染めてもかまいません。でも、わたしがクルティザンヌであることは、きっとすぐに広まります。そしてそれは、きっと多くの人の恐ろしい記憶を呼び覚ますことになってしまうから」

「そんなこと――」

ないと言えば嘘になる。

「あなたが……お尋ね者の詐欺師なら、よかった。どこまででも、一緒に逃げられたのに。でも、どんなに取り繕っても、娼婦は娼婦だから……。一国の皇子様は、娼婦と結婚してはダメです」

クロエの言葉は正しくて、ミハイルは息をするのも苦しくなる。

彼女の涙を止めたいのに、その手段が見つからない。まるで、十八歳の若造に戻ったみたいだ。

もうひとつ、最後にひとつだけ、彼女に伝えていない言葉がある。

十七年前に、自分の中から吹き飛んでしまったと思い続けた言葉が――。

それを言おうとして……弟の身を案じて、こんな場所まで一個艦隊を率いてやって来てくれた兄や、その兄と連絡を取り続け、窮地を救ってくれたアイヴァン、祖国でミハイルの帰りを待つ、年老いた父や妹たちの顔が浮かび……。

ミハイルは、その言葉を口にすることができなかった。

船の準備が整い、クロエが下船するときがきた。

彼女の母親とランドン医師は、すでにその船に乗り込んでいるという。そこまでクロエを送り届ける役目は、アイヴァンが務めることになった。

クロエは泣きじゃくったことなど忘れたように、ごく自然に笑い、ダニエルに礼の言葉を告げている。

そしてミハイルの前に立ったとき、彼女は花が咲いたように笑った。

「ミハイル様、あなたに会えて、わたしはとても幸せです。本当に、ありがとうございました」

ゆっくりと頭を下げるクロエに、ミハイルは問いかけた。

「クロエ、今、君が欲しいものはなんだ？　最後のおねだりだ」

彼女は少し考えると、ミハイルがこれまで見たこともないような、悲しい笑顔で答えたのだ。

「じゃあ、約束してください。愛してるって言葉だけは、二度と嘘では言わないって。そして、幸せになってくださいさい。どうか……」

そんな願いを、どうやって叶えてやればいいのだろう？

いや、たとえ叶えられないことだとしても、これまでと同じように偽りの笑顔を見せ、『わかった』と答えてやればいい。これが最後なのだから。

だが、ミハイルはひと言も返すことができなかった。

クロエの背中が遠ざかっていく。

それを見ているのもつらくて、ミハイルも彼女に背中を向けた。

そのとき——。

「たしか、一度くらい、抱かせてくださるんですよね？」

すれ違いざま、アイヴァンがそんな言葉を口にした。

一瞬で頭に血が上るが、まさか、追いかけて殴りつけるわけにもいかない。ミハイルは唇が切れるほど強く噛みしめ、殴りつける相手もないまま、拳を握りしめた。

「ミハイル……今、おまえが欲しいものは何か答えよ」

「……は？」

唐突な兄の問いに、礼儀も忘れて顔を睨みつけてしまう。

「私はただ、弟を取り戻したかったのだ。エフォールが送り込んだ金髪の娼婦に、母上だけでなく、弟まで奪われたのだから……」

兄の言わんとすることはわかる。

だが、『エフォールが送り込んだ金髪の娼婦』という言葉に不快感を覚えた。

(兄上はジネットのことを言っているだけだ。だが、今の私にとって、思い浮かぶのはクロエしかいない)

ミハイルの中でジネットは、もう顔すら思い浮かばなくなっていた。

「私の弟は、単純で御しやすい、可愛い奴であった」

「勘弁してください。今は、兄弟喧嘩をする気分ではないんです」

「だからこそ、おまえの傍らに金髪の女を見たとき、今度こそ、救ってやらねばと思ったのだ。早急に船を用意し、おまえから引き離そうと――」

「クロエはそんな女ではない！」

兄の言葉を聞いた瞬間、ミハイルの脳裏には、彼の幸せだけを願うクロエの姿が鮮烈に浮かび上がった。

「クロエは本気で私を愛し、私の幸せだけを願い、そして身を引いたんだ！　彼女は何も望んでいない。私が皇子でさえなければ……彼女を愛することが許されるのに」

自ら口走った言葉に、ミハイルは全身が総毛立った。

クロエを愛している。

一度堰を切った思いは、凍りついた壁をぶち破り、噴き出してくる。

「兄上……また、しばらくお会いできないかもしれません。皇位継承権を放棄したままでも、父上はお許しくださるでしょうか？」

ミハイルはそう尋ねたあと、一歩、二歩と甲板を歩き、手すりを掴んだ。

眼下には、舳先《へさき》にランタンの灯りが点された漆黒の波間に漂う小舟が一艘。クロエの乗った小舟は、すでにこの艦を離れてしまった。

本艦の灯りは小舟まで届き、夜であっても、クロエと舟を漕ぐアイヴァンの姿ははっきりと見えていた。

「許すも何も、皇子の称号がなくとも、おまえが父の息子であることには変わりがない」

「……兄上」

「それに、私たちにも会おうと思えば会えるはずだ。今のおまえなら、明日にでもサラヴェイ城に入り込むくらい簡単であろう」

十七年前の兄なら、言えなかった軽口だろう。

「明日は無理です。でも、近いうちに必ず」

そう答えた直後、小舟に乗ったふたつの影が重なり――。とっさにクロエの名前を叫びながら、ミハイルは手すりに足をかけたのだった。

☆　☆　☆

涙が溢れてきて止まらない。次から次へと頬を伝い、流れ落ちていく。

フリゲート艦は大型艦のため、港から離れた位置に停泊している。クロエのために用意してくれた船は連絡用の中型艦らしく、そこまで小舟で移動することになった。

その小舟の上で、クロエは延々泣き続けている。

甲板で挨拶をしたときは、近くにダニエル皇太子がいたこともあって、必死に涙をこらえていた。

だが本当は、最後にもう一度、抱きしめてほしかったと思う。

(皇太子殿下がいても、自分から抱きつけばよかった。最後だったのに……)

後悔ばかり浮かんできて、涙は全く止まりそうにない。

クロエの嗚咽《おえつ》を聞き、呆れたような声でアイヴァンが呟いた。

「それほどまでに愛しているなら、どうして求婚に応じられなかったのです？」

普通なら、どうして求婚されたことを知っているのか気になりそうだが、今のクロエはそこまで頭が回らない。

「わかって……いるくせに。せっかく、取り戻した名誉なのに……わたしを妻にしたら、また……」

すると、アイヴァンは櫂を置いて、クロエのすぐ傍に膝をついた。

黒の軍服を着た彼は、これまでとはまるで印象が違う。規律正しい、軍人らしい厳しさが垣間見え、やはりこちらが本当の彼なのだろう。

また、『愚かな女』呼ばわりされるのかもしれない、そう思ったとき、アイヴァンは何を考えたのかクロエの肩に手を置いた。

そのまま抱き寄せられ、あまりのことにクロエの涙は止まってしまう。

「あ、あの、アイヴァン殿？」

「ああ、いえ、お気になさらず。たぶん、そう長くは耐えられないと思いますので」

「は？」

クロエが首を傾げ、肩から手を放してくれるよう頼もうとしたとき――。

夜の海に、ミハイルの絶叫が響き渡った。

「クロエ――ッ!!」

背後から襲いかからんばかりの声で名前を呼ばれ、クロエはびっくりして振り返る。

そこには、甲板に点った灯りを背に、ミハイルがフリゲート艦の手すりに足をかけていた。

（え？　何を、するつも、り？）

そう思った瞬間、彼はフロックコートを脱ぎ捨て、勢いをつけて海に飛び込んだのだ。

「やめて……やめて、ミハイル様……イヤーッ!!」

甲板から海面まで、クロエの目には恐ろしいほどの高さに映った。

ミハイルは右膝に古傷がある。海中でその傷が痛み始め、泳げなくなったら、そのまま沈んでしまうではないか。

だが、泳げないクロエには何もできない。

「アイヴァン殿！　ミ、ミハ、ミハイル様を、助けて、お願い……ミハイル様を」

必死の思いでアイヴァンに縋るが、

「そうですね。あと、十……九……八……」

なぜか、彼はカウントダウンを始めた。

そして「……三」と言った直後、海から伸びてきた手が縁にかかったのだ。

舳先に付けられたランタンの灯りが大きく揺れ……クロエが手を貸す間もなく、ミハイルは自力で舟の上によじ登ってきたのだった。

「ミハイル様、なんて真似を……あんな高さから、正気の沙汰じゃ」

心配が先に立って文句ばっかり言ってしまうが、彼に会えたことが嬉しくて堪らない。

そのとき、ミハイルがクロエの両肩を摑んだ。

「愛してる。嘘でも、芝居でもなく、私は君を愛している。――クロエ？」

「ダメです！　言ったでしょう？　わたしは……裏社交界にデビューした、高級娼婦なんです。ミハイル様の……殿下の妻になんて」

「皇位継承権は放棄したままだ。皇子の身分にも戻りたいとは思わない」

あまりのことに、クロエは言葉も出てこない。

その一方で、ミハイルは憑《つ》き物でも落ちたかのような、実に晴れ晴れしい顔だ。

黒く染めた髪も、海に飛び込んだせいで銀色に戻っている。

「なんてことを……ミハイル様」

「ああ、そのとおりだ。まったく、いい歳をして、何をやっているのやら」

「わたしのせい、ですか？　国家と国民のために、生涯を捧げるとおっしゃったあなたに、道を誤らせて……ご家族も、あなたの帰りを待っていたはずなのに」

大粒の涙がクロエの頬を伝い落ちたとき、ミハイルに抱きしめられた。

「道は間違えていない。称号がなくとも、国の外にいても、国家と国民のために働くことはできる。それに、私の幸せを願ってくれるんじゃなかったのか？」

「も、もちろん、願っています、けど」

「君がいなければ、私は不幸になる。それでもいいのか？　私を見捨てるのか？」

それには開いた口が塞がらず、クロエは泣きながら笑ってしまう。

すると、ミハイルも少年のように笑っていた。

「これで私は皇子どころか、エフォール政府のお尋ね者だ。さて、新大陸辺りまで逃げるとするかな」

言いながら、彼はクロエに手を差し出した。

「私のことが好きなんだろう？　さあ、一緒においで」

クロエは笑顔で彼の手を取ると、

「はい。どこまででも、お供いたします」

その返事をしながら、ふたりは引き寄せられるように唇を重ね――。

直後、咳払いとともに、

「ええ、こうなったら自分も、どこまででもお供しますから、お忘れなく」

それは、これまでで一番楽しそうな、アイヴァンの声だった。

☆　☆　☆

ホーリーランド南部の田舎町にランドン医師は診療所を開いた。金の亡者とまで言われたかつての悪徳医師は、そこで庶民相手に無料で診療を施すのだという。

『親はとうの昔に死んだ。兄弟とは連絡も取っておらんし、結婚もしとらん。身軽なもんじゃ。金で徳は買えんのでな、人生の最後に医者としての務めを果たし、神様のお迎えを待つつもりなんじゃ』

クロエの母はそこでゆっくりと療養し、いつかはプルレ市に戻りたいそうだ。

あの地には父が眠っている。大きなあやまちを犯し、死んだあとまで、子爵家の名誉を傷つけた一族の面汚しとまで言われた父。とくに、ひとり娘を苦しめた罪は、神様もお許しにならないかもしれない。だからこそ、母だけは傍にいてあげたいのだと言う。

クロエにすれば、生きる力を失っていた母がそこまで回復してくれたことに、感謝の気持ちしかない。

ずっと面倒を見てくれたランドン医師にも……。彼は、自分で思う以上に、立派な医者ではないか、とクロエは思う。

『感謝はほどほどに。ドクターがお母上に親切なのは、ミハイル様がお金を払っているからです。診療所の開設や無料診療も、おふた方が町の人々に受け入れてもらいやすいように、というミハイル様の提案で……もちろん費用も負担されています』

アイヴァンの説明は簡潔だが、何かが欠けていると思うのはクロエだけだろうか？

この彼が、これから先もずっとミハイルの秘書として付き従うということに、多少なりとも苦手意識を消せそうにない。

それはともかく——シアラ港での騒動から一ヵ月が過ぎ、エフォール王国の議会では王制の廃止が決議された。ユーグ国王は、国庫から不正に移動させた隠し資産を差し出すことで、軟禁状態は解かれた。しかし、ギョーム王太子は別の公的資金を不正流用した挙げ句、そのお金を使い果たしており、ふたたび逃亡しようとして投獄されたという。

まさに、人生というのはある日突然変わってしまうものだ。

クロエ自身も同じで……まさか、クルティザンヌとして身を捧げた男性と、ホーリーランド南部の小さな教会で結婚式を挙げることになるとは——。

しかも夫の肩書は、新大陸で成功した実業家、マイケル・ヴィクター。

武器商人のような偽りの肩書でないことを願いつつ、ふたりは新造されたばかりの大型客船に乗り、新大陸へと出発した。

そのとき、クロエは〝偽り〟どころか、とんでもない告白を聞かされたのだ。

『新大陸行きの航路は、移民船がほとんどなんだ。少しでも快適な船旅がしたくて、会社を興して大型客船を作った』

『……作った？　じゃあ、本当に実業家なんですか？』

『あー、まあ、そういうことかな。向こうには会社が三つと、ダイヤモンド鉱山を持っている。新婚早々、君を路頭に迷わせたりしないから、安心してくれ』

聞いた瞬間は唖然としたが、落ちついて考えればたいしたことではない。

なんといっても、詐欺師としてお尋ね者になったかと思えば、次は一個艦隊がやって来て、皇子と知らされたのだ。

それ以上のことは、なかなか起こらないだろう。

大型客船では、一等客室よりさらに豪華なオーナー室に案内してもらった。

内装は、随所に真紅の天鵞絨《ビロード》が使われていた。家具はすべてチーク材、それも使い込まれて金褐色に変化している。チーク材は高価だが水や油に強く、時間を経たものほど、その効果は大きいという。客船の家具に最適だった。

とくにベッドは、土台の丈夫さといい、マットの弾力性といい、ほどよい広さも新婚夫婦にピッタリなものだ。

クロエはベッドに転がりながら、その心地よさを実感していた。

「ねえ、ミハイル様。到着まで、十日以上かかるのでしょう？」

「……十二日間だ」

ミハイルの声は、クロエの脚のほうから聞こえてくる。

それはなぜかというと——彼がクロエのご機嫌取りをしているためだった。

結婚式の日取りが決まってすぐ、ミハイルは詳しい事情も告げず、結果的に半月もの間、クロエの傍を離れることになった。式の準備はすべてクロエ任せ。式の三日前には戻るという電報が届いたものの、実際に戻ってきたのは式当日だった。

本当は結婚したくないのかもしれない、あるいは、途中で嫌になったのかも……と考え、クロエはとんでもなく不安な時間を過ごしたのだ。

そのせいで、乗船してから、ミハイルはやたらクロエに優しい。

入浴後、ナイトドレスに着替えた彼女に、

『疲れただろう？　新大陸とは逆、東方の国を流離《さすら》っていたときに習ったマッサージがあるんだ。ルザーン式というんだが、試してみるかい？』

などと言い始めた。

本来は、広い浴室でするマッサージだという。

せっかく揉んでくれるというのに、断るのも悪いだろう。クロエは言われるままナイトドレスを脱ぎ、裸になってベッドに転がった。

彼はクロエの足元にひれ伏すように、足の指一本一本を丁寧に揉み始めた。

足首からふくらはぎ、膝の回り、太ももをたどってお尻まで、じっくりと揉みほぐしていく。

だが、お尻の丸みを両手で摑まれ、くるくると回されたとき、クロエは少しずつ息が上がってきてしまい……。

（やだ、なんだか、気持ちよくなってしまいそう）

いやらしい声が口から洩れそうで、クロエはふかふかの羽根枕を抱きしめたまま、身体を起こそうとした。

「ありがとうございます、ミハイル様。だいぶ、楽になりました。だから、もう……これ以上、はぁ、ん」

その瞬間、ミハイルの親指が割れ目の奥に当たった。

「おっと……君が動くからだぞ」

クロエのせいと言いながら、彼は指を引くこともせず、蜜穴の入り口から敏感な突起までをこすり続けた。

たちまちその場所から、クチュクチュと恥ずかしい音が聞こえ始める。

「ああ、この辺がとても凝っている。本当は、オイルを使って肌の滑りをよくするそうなんだが……君の躰から、いやらしいオイルが溢れてくる」

彼はお尻を触りながら、リズムよく指を押し込んだ。

脚は閉じているつもりなのに、背後から責められると簡単に受け入れてしまう。蜜音はドンドン大きくなり、彼の指が離れていくと、

「あ……ん、やぁ……もう、やだぁ」

自分から求めるような声が出てしまい、クロエは顔が火照《ほて》ってしまう。

そのとき、銀色の髪がサラサラとクロエの前に落ちてきた。ミハイルの唇が耳たぶに触れ、彼は甘やかな声でささやく。

「もっと、マッサージしてほしいのかな？」

この誘惑に、逆らうことなど不可能だ。

クロエはうなずきながら、ミハイルにおねだりした。

「え、ええ……はい。もっと……して、ください」

「素直ないい子だ。ほら、今度は前をマッサージしよう。……上を向いてごらん」

羽根枕から手を放し、クロエは仰向けになる。すると、蜂蜜色の髪がベッドいっぱいに広がった。

ミハイルはクロエの脚の間に腰を下ろし、彼女の片脚を持ち上げる。

その格好は、脚を大きく広げることになり、蜜の溢れ出る場所が丸見えになった。

「あっ、待って。これじゃ……この格好じゃ……見えて、しまいま、す」

クロエの言葉を無視するように、ミハイルは持ち上げた彼女の左脚を、執拗なまでに舐

め続けた。

そのまま、左足の親指をパクッと口に含む。

口腔の温かさと、舌を押しつけられるヌルヌルした感触に、クロエは思いきり背中を反らせる。

恥ずかしいのに、たとえようもなく気持ちがいい。

ミハイルは親指をしゃぶったあと、脚の内側をなぞるようにして脚の付け根へと舌を這わせていった。

そして、指先で脚の付け根をさんざん弄くり回し……。

彼は舌を器用に使って、クロエの恥ずかしい場所を舐めたのである。

「あぁっ！　や、待って、こんな……こんなの、恥ずかしい……ダメです。ダメェッ!!」

ジュルジュルと愛液を啜られ、ミハイルは舌を窄《すぼ》めて蜜窟に挿入してきた。指とは違う感触に、クロエは我を忘れ、翻弄されていた。

「気持ちいいマッサージだろう？」

「こ、これって……本当、ですか？　本当に、その……なんとか式の、マッサージなんですか？」

「ああ、そうだ。たしか……遥か昔、東方に栄えた大帝国の皇帝は、夜な夜なハーレムの女性たちから、こういったマッサージを受けたらしい」

「ハ、ハーレム？」

聞き覚えのある単語だ。しかし、この痺れるような快感のせいで、記憶の引き出しが上手く開かない。

「ああ、そうそう、ここと一緒にマッサージしたら、どうなるかな」

ミハイルは楽しそうに言うと、淫芽をねぶりながら、蜜穴に指を押し込んだ。

あまりの刺激に、クロエは声も出せずに下肢を戦慄かせた。

「ここからが本番なんだが……」

言いながら、彼はそそり勃つ雄身をおもむろに挿入した。

「んん……はぁ」

快感と同じくらいの安心感が、クロエの胸に広がっていく。

「愛しいクロエ、君のためなら、私はなんでもできる。これから一生、私の愛する女性は君だけだ」

ミハイルに抱かれる喜びが、じんわりと身体に沁み込んでくる。

「わたしも、大好きです。あなたが何者でも、世界で一番、あなたのことを愛してるのはわたしだから」

「ああ、私もだ」

その答えと同時に、ミハイルは大きく彼女の躰に打ち込んだ。

二度、三度と突かれ、それがふた桁に達したころ、ミハイルの抽送が激しくなった。躰の中が彼の形に変わったような気がする。

それくらい、彼を受け止めることに悦びを感じていた。

広げさせられた脚を、彼の腰に巻きつけ——。

「あん、あん、あっん、やっ、やーっ」

荒々しい呼吸とともにキスされ、クロエはうっとりとしてしまう。

ミハイルの妻になれたことが、何よりも幸せだった。

「なんて、幸せなんだ。君がこうして腕の中にいるだけで、他には何もいらないくらい、幸せだ。ありがとう、クロエ」

「ミ……ミハイル、さ……まぁ」

その瞬間、ミハイルの抽送だピタッと止まり、クロエは注ぎ込まれるさらなる幸福を受け止めていた。


「そういえば……君は知っているのか？」

ぴったりと抱き合ってベッドに転がっていると、唐突に質問された。

なんのことか問い直そうとしたとき、思いがけない人の名前が、ミハイルの口からこぼ

れたのだ。

「マダム・ジャールがホーリーランドの社交界に顔を出すようになったそうだ。子爵だか、男爵だかの未亡人を名乗っているらしい」

同じ話を彼が不在のときに聞き、クロエはサビーヌ宛てに手紙を出した。

自分もホーリーランドに来ていること。ミハイルとの結婚が決まり、結婚式に出てほしいこと。それから、ミハイルにクロエの情報を伝えてくれ、王宮近くの屋敷を使わせてくれたお礼。最後に、『物語以外にも、騎士はいました』と。

その手紙にサビーヌが返してくれた返事は――。

「マダムのことは知っています。でも、私はもう、あの方の友人ではないそうです」

結婚を祝う言葉に続いて、クロエという名前の友人はいないと言われた。だから、仮に顔を合わせることがあっても、話しかけてくれるな、と。

サビーヌは誇り高き女性だと思う。だからこそ、クルティザンヌでなくなったクロエとは、関係を絶つつもりなのだ。

「仕方ないですよね。きっとわたしのためだから……。だから今度は、わたしが誰かを助けたいと思います。もちろん、ミハイル様の妻として」

そこまで話したとき、ふいに思い出した。

「ハーレム！　思い出しました。ミハイル様はたくさんの女性から、ああいったマッサージを受けてこられたんでしょうか？」

「いやいや、そうじゃない。一夫多妻だったかな？　世界にはそういう国があると知ったとき……ちょっとだけ、羨ましく思ったが。ああ、いや、言っておくが、女を知らないころの話だぞ」

彼の狼狽えた様子に、クロエはつい、口を尖らせてしまう。

「まあ、たくさんの妻が欲しかったなんて！　ミハイル様なら、すでに、東方の国にハーレムくらいお持ちなんじゃないですか？」

今のクロエより若かったころの話だ。そんな昔のことでヤキモチをやかれても……というところだろう。

「君をひとりにしたこと、まだ怒っているのか？　本当に、プリローダのサラヴェィ城まで行き、皇帝陛下に結婚の報告をしてきたんだ。嘘じゃない」

怒っているわけではない。嘘だとも思っていなかった。

クロエに話して行かなかったのは、彼女も同行したがると思ったからだろう。

たしかに、もし知っていたら、危険があるならよけいに一緒にいたいと言って、連れて行ってくれるまで譲らなかったと思う。

ミハイルはクロエのことをよくわかっていた。

「それくらい……わたしだって、わかっています。でも本当に、皇帝陛下は許してくださったんでしょうか？」

「何もおっしゃらなかったが……結婚のことを話すと、この指輪を渡してくれた」

ミハイルはクロエの指に触れながら言う。

そこには、美しい金緑石の指輪があった。

太陽の光の下では緑色に、蝋燭の灯りには赤く光る不思議な石だ。むろん高価なものだが、何より重要なのは、この指輪がイリーナ皇后の形見だということだった。

「いつか、私たちの子供に、白夜を見せてやりたいと思っている」

遠くをみつめる目でミハイルが呟いた。

「それなら、来年の白夜祭なら行けるかもしれません。わたしの髪を染めたら……きっと大丈夫ですよね？」

「なっ!?」

ミハイルは目を真ん丸に見開き、彼女の顔とお腹に視線を往復させている。

確実な診断がもらえたら話そうと思いつつ、その間にミハイルが所用と言って、クロエの前からいなくなってしまった。そして、ミハイルが不在のとき、ようやく、新しい命の証ともいえる心音が確認されたのである。

だが、出会ってからここまで驚かされる一方だった。今回はミハイルにもびっくりさせることができたので、思わず笑ってしまう。

「クロエ……君は、まったく……そんな大事なこと、どうして先に言わない!?」

「半月もいらっしゃらなくて、いつ言うんですか？　でも、悪阻《つわり》もほとんどなくて、すでに安定期に入っているので……夫婦のことも大丈夫だそうです」

最後の部分は頬を赤らめながら言う。

「ミハイル様？　黙っていたこと、怒っていらっしゃいますか？」

クロエが尋ねると、彼は壊れ物を扱うように、優しく抱きしめてくれた。

「いや、そうじゃない。ありがとう、クロエ……私は今、幸せだ」

人生がどれほどの驚きに満ちていても、愛する人が傍にいてくれるだけで、なんでもできそうな気がする。

クロエはそんなことを思いながら、ミハイルの背中に手を回した――。

あとがき

ソーニャ文庫ファンの皆様、三年ぶりの御堂志生《みどうしき》です。次は四年後……という冗談はさておき、今回のヒーロー、一度は書いてみたかった武器商人です。え？　ホントは裏があるんだろうって？　あとがきから先に読む方のために、その辺はナイショね♡

本作の執筆中に一番困ったのは……中盤、ヒーローとヒロインがすれ違ってしまって（心が、ではなく、物理的に）いやぁ、書けども書けども、再会する気配もない。このまま、会えなかったらどうしよう、とマジで焦りました（汗）。

イラストは初めてお世話になります、アオイ冬子《ふゆこ》先生。前々から思っていたんですが、ヒロインが可愛いのはもちろんのこと、ヒーローが凛々しくて麗しいんですよねぇ。アオイ先生、このたびは本当にいろいろとありがとうございました！

今回は誰よりも担当様が、いろんな言葉で励ましてくださったおかげで、刊行することができました。どうもありがとうございました。もちろん、ずっと応援してくれる読者様やお友達、編集部や関係者の皆様、それと家族にも感謝しております!!

最後に、この本を手に取ってくださった〝あなた〟に、心からの感謝を込めて。

またどこかでお目に掛かれますように――。

御堂志生

この本を読んでのご意見・ご感想をお待ちしております。

◆ あて先 ◆

〒101-0051
東京都千代田区神田神保町2-4-7 久月神田ビル
㈱イースト・プレス　ソーニャ文庫編集部
御堂志生先生／アオイ冬子先生

偽《いつわ》りの愛《あい》の誤算《ごさん》

2019年10月7日　第1刷発行

著　　者　御堂志生《みどうしき》
イラスト　アオイ冬子《ふゆこ》
装　　丁　imagejack.inc
D T P　松井和彌
編集・発行人　安本千恵子
発 行 所　株式会社イースト・プレス
〒101－0051
東京都千代田区神田神保町２－４－７ 久月神田ビル
TEL 03－5213－4700　　FAX 03－5213－4701
印 刷 所　中央精版印刷株式会社

ISBN 978-4-7816-9658-4
定価はカバーに表示してあります。

Sonya ソーニャ文庫の本

『十年愛』 御堂志生

イラスト 駒城ミチヲ